壹本 ONE BOOK

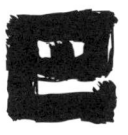

巴金精读

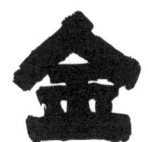

我的故事

巴金 著

浙江文艺出版社
Zhejiang Literature & Art Publishing House

目录

散文

"再见罢,我不幸的乡土哟!" /003

繁星 /005

海上日出 /007

海上生明月 /009

乡心 /011

香港的夜 /013

鸟的天堂 /015

机器的诗 /019

谈心会 /022

朋友 /027

在普陀 /031

一个车夫 /036

041/ 生命

043/ 过年

048/ 我的故事

055/ 悼鲁迅先生

058/ 悼范兄

068/ 风

070/ 雨

073/ 月

075/ 星

077/ 狗

079/ 虎

082/ 伤害

086/ 梦

089/ 废园外

092/ 火

097/ 灯

怀陆圣泉 /101

怀念萧珊 /107

把心交给读者 /124

怀念老舍同志 /132

怀念从文 /141

小说

还魂草 /165

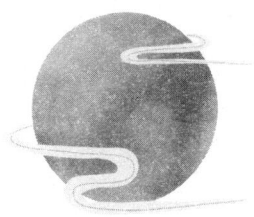

散 文

　　几盏灯甚或一盏灯的微光固然不能照彻黑暗,可是它也会给寒夜里一些不眠的人带来一点勇气,一点温暖。

"再见罢,我不幸的乡土哟!"[1]

踏上了轮船的甲板以后,我便和中国的土地暂别了,心里自然装满了悲哀和离愁。开船的时候我站在甲板上,望着船慢慢地往后退离开了岸,一直到我看不见岸上高大的建筑物和黄浦江中的外国兵舰,我才掉过头来。我的眼里装满了热泪,我低声说了一句:"再见罢,我不幸的乡土哟!"[2]

再见罢,我不幸的乡土哟,这二十二年来你养育了我。我无日不在你的怀抱中,我无日不受你的扶持。我的衣食取给于你。我的苦乐也是你的赐予。我的亲人生长在这里,我

---

[1] 选自《海行杂记》,新中国书局1932年版。——编者注(除非特别说明,本书注释均为作者巴金所做)

[2] 这是一首叫作《断头台上》的歌子的第一句,这首歌在旧俄时代西伯利亚的监狱里流行过,据说是旧俄政治犯米拉科夫所作。

的朋友也散布在这里。在幼年时代你曾使我享受种种的幸福；可是在我有了知识以后你又成了我的痛苦的源泉了。

在这里我看见了种种人间的悲剧，在这里我认识了我们所处的时代，在这里我身受了各种的痛苦。我挣扎，我苦斗，我几次濒于灭亡，我带了遍体的鳞伤。我用了眼泪和叹息埋葬了我的一些亲人，他们是被旧礼教杀了的。

这里有美丽的山水，肥沃的田畴，同时又有黑暗的监狱和刑场。在这里坏人得志、好人受苦，正义受到摧残。在这里人们为了争取自由，不得不从事残酷的斗争。在这里人们在吃他的同类的人。——那许多的惨酷的景象，那许多的悲痛的回忆！

哟，雄伟的黄河，神秘的扬子江哟，你们的伟大的历史到哪里去了？这样的国土！这样的人民！我的心怎么能够离开你们！

再见罢，我不幸的乡土哟！我恨你，我又不得不爱你。

繁　星[1]

我爱月夜,但我也爱星天。从前在家乡七八月的夜晚在庭院里纳凉的时候,我最爱看天上密密麻麻的繁星。望着星天,我就会忘记一切,仿佛回到了母亲的怀里似的。

三年前在南京我住的地方有一道后门,每晚我打开后门,便看见一个静寂的夜。下面是一片菜园,上面是星群密布的蓝天。星光在我们的肉眼里虽然微小,然而它使我们觉得光明无处不在。那时候我正在读一些关于天文学的书,也认得一些星星,好像它们就是我的朋友,它们常常在和我谈话一样。

如今在海上,每晚和繁星相对,我把它们认得很熟了。

---

[1] 选自《海行杂记》,新中国书局1932年版。——编者注

我躺在舱面上，仰望天空。深蓝色的天空里悬着无数半明半昧的星。船在动，星也在动，它们是这样低，真是摇摇欲坠呢！渐渐地我的眼睛模糊了，我好像看见无数萤火虫在我的周围飞舞。海上的夜是柔和的，是静寂的，是梦幻的。我望着那许多认识的星，我仿佛看见它们在对我眨眼，我仿佛听见它们在小声说话。这时我忘记了一切。在星的怀抱中我微笑着，我沉睡着。我觉得自己是一个小孩子，现在睡在母亲的怀里了。

有一夜，那个在哥伦波上船的英国人指给我看天上的巨人。他用手指着：那四颗明亮的星是头，下面的几颗是身子，这几颗是手，那几颗是腿和脚，还有三颗星算是腰带。经他这一番指点，我果然看清楚了那个天上的巨人。看，那个巨人还在跑呢！

海上日出[①]

为了看日出,我常常早起。那时天还没有大亮,周围非常清静,船上只有机器的响声。

天空还是一片浅蓝,颜色很浅。转眼间天边出现了一道红霞,慢慢地在扩大它的范围,加强它的亮光。我知道太阳要从天边升起来了,便不转眼地望着那里。

果然过了一会儿,在那个地方出现了太阳的小半边脸,红是真红,却没有亮光。这个太阳好像负着重荷似的一步一步、慢慢地努力上升,到了最后,终于冲破了云霞,完全跳出了海面,颜色红得非常可爱。一刹那间,这个深红的圆东西,忽然发出了夺目的亮光,射得人眼睛发痛,它旁边的云

[①] 选自《海行杂记》,新中国书局1932年版。——编者注

片也突然有了光彩。

　　有时太阳走进了云堆中,它的光线却从云里射下来,直射到水面上。这时候要分辨出哪里是水,哪里是天,倒也不容易,因为我就只看见一片灿烂的亮光。

　　有时天边有黑云,而且云片很厚,太阳出来,人眼还看不见。然而太阳在黑云里放射的光芒,透过黑云的重围,替黑云镶了一道发光的金边。后来太阳才慢慢地冲出重围,出现在天空,甚至把黑云也染成了紫色或者红色。这时候发亮的不仅是太阳、云和海水,连我自己也成了明亮的了。

　　这不是很伟大的奇观么?

海上生明月[1]

四围都静寂了。太阳也收敛了它最后的光芒。炎热的空气中开始有了凉意。微风掠过了万顷烟波。船像一只大鱼在这汪洋的海上游泳。突然间，一轮红黄色大圆镜似的满月从海上升了起来。这时并没有万丈光芒来护持它。它只是一面明亮的宝镜，而且并没有夺目的光辉。但是青天的一角却被它染成了杏红的颜色。看！天公画出了一幅何等优美的图画！它给人们的印象，要超过所有的人间名作。

这面大圆镜愈往上升便愈缩小，红色也愈淡，不久它到了半天，就成了一轮皓月。这时上面有无际的青天，下面有无涯的碧海，我们这小小的孤舟真可以比作沧海的一粟。不

---

[1] 选自《海行杂记》，新中国书局1932年版。——编者注

消说，悬挂在天空的月轮月月依然，年年如此。而我们这些旅客，在这海上却只是暂时的过客罢了。

与晚风、明月为友，这种趣味是不能用文字描写的。可是真正能够做到与晚风、明月为友的，就只有那些以海为家的人！我虽不能以海为家，但做了一个海上的过客，也是幸事。

上船以来见过几次海上的明月。最难忘的就是最近的一夜。我们吃过午餐后在舱面散步，忽然看见远远的一盏红灯挂在一个石壁上面。这红灯并不亮。后来船走了许久，这盏石壁上的灯还是在原处。难道船没有走么？但是我们明明看见船在走。后来这个闷葫芦终于给打破了。红灯渐渐地大起来，成了一面圆镜，腰间绕着一根黑带。它不断地向上升，突破了黑云，到了半天。我才知道这是一轮明月，先前被我认作石壁的，乃是层层的黑云。

乡　心[1]

　　我不想睡，趁大家酣睡的时候，跑到舱面上去走走。

　　我上了舱面就感到一股寒气，不由得扯起大衣的领子来。四周没有一个人，只有吵人的机器声时时来到我的耳边。

　　浪很小，船也平稳，风并不大。一轮明月照在万顷烟波之上，蓝色的水被月光镀上了银色。月光流在波上，就像千万条银鱼在海上游泳。我这时真想拿一根钓竿，把它们钓几尾上来。

　　我默默地在舱面上走着。明月陪伴着我，微风轻抚着我。有无涯的大海让我放观；有无数的回忆尽我思量。人生难得几良宵。是乐么，还是痛苦？

---

[1] 选自《海行杂记》，新中国书局1932年版。——编者注

三十四天的旅行到此告了一个段落。明天太阳照眼时，我们就要踏上法国的土地了。这时候似乎又觉得船走快了些。现在对于海上的生活又感到了留恋。这三十四天的生活的确是值得人留恋的。然而明天我们一定要上岸了。

"明天要上岸了"，和以前在家时，在上海时，"明天就要走了"的思想一样，激动着我的心。这种时候要说是快乐罢，自己心里又不舒服；要说是痛苦罢，又是自己愿意做的事情。这是怎样的矛盾啊！我一生就是被这种矛盾支配了的。

不知道怎样，我竟然被无名的悲哀压倒了。四周有这么好的景致，我却不能欣赏，白白地拿烦恼来折磨自己。时候不早了，明天还得走一整天的路。倘若在家里，我的大哥一定会催我："四弟，睡得了——"现在呢，即使我走到天明，也没有人来管我。能看见我的，除了万顷烟波之外，就只有长空的皓月一轮。

"海上生明月，天涯共此时"[1]；"共看明月应垂泪，一夜乡心五处同"[2]。——锋镝余生的我，对此情景，能不与古诗人同声一哭！

然而过去的终于是过去了。我应该把它们完全忘掉，我需要休息。明天我还得以新的精力来过新的生活。

---

[1] 见张九龄的五言律诗《望月怀远》。
[2] 见白居易的七言律诗《望月有感》。

香港的夜

我们搭小火轮去广州。晚上十点钟船离开了香港。

开船的时候,朋友洪在舱外唤我。我走出舱去,便听见洪说:"香港的夜很美,你不可不看。"

我站在舱外,身子靠着栏杆,望着渐渐退去的香港。

海是黑的,天也是黑的。天上有些星星,但大半都不明亮。只有对面的香港成了万颗星点的聚合。

山上有灯,街上有灯,建筑物上有灯。每一盏灯就像一颗星,在我的肉眼里它比星星更亮。它们密密麻麻地排列着,像是一座星的山,放射万丈光芒的星的山。

夜是静寂的,柔和的。从对面我听不见一点声音。香港似乎闭上了它的大口。但是当我注意到那座光芒万丈的星的山的时候,我仿佛又听见了那无数的灯光的私语。船在移动,灯光也跟着在移动。而且电车、汽车上的灯也在飞跑。我看见它们时明时暗,就像人在眨眼,或者它们在追逐,在说话。我的视觉和听觉混合起来。我仿佛在用眼睛听了。那一座星的山并不是沉默的,在那里正奏着出色的交响乐。

我差不多到了忘我的境界……

船似乎在转弯。星的山愈来愈窄小了。但是我的眼里还留着一片金光,还响着动人的乐曲。

后来船驶进群山的中间(我不知道是山还是岛屿),香港完全给遮住了。海上没有灯,浓密的黑暗包围着我们的船。星的山成了一个渺茫的梦景。

我还呆呆地站在那里,我想找回那座星的山。但是我什么也看不见。外面的空气很凉爽,风吹得我的头有点受不住了,我便回到舱里去。舱里人声嘈杂,是一个完全不同的世界。我把脚踏进舱里的时候,我不禁疑惑地问自己:我先前看见的难道只是一个幻景?

1933年5月底在广州

鸟的天堂

我们在陈的小学校里吃了晚饭。热气已经退了。太阳落下了山坡,只留下一段灿烂的红霞在天边,在山头,在树梢。

"我们划船去!"陈提议说。我们正站在学校门前池子旁边看山景。

"好。"别的朋友高兴地接口说。

我们走过一段石子路,很快地就到了河边。那里有一个茅草搭的水阁。穿过水阁,在河边两棵大树下我们找到了几只小船。

我们陆续跳在一只船上。一个朋友解开绳子,拿起竹竿一拨,船缓缓地动了,向河中间流去。

三个朋友划着船,我和叶坐在船中望四周的景致。

远远地一座塔耸立在山坡上,许多绿树拥抱着它。在这附近很少有那样的塔,那里就是朋友叶的家乡。

　　河面很宽,白茫茫的水上没有波浪。船平静地在水面流动。三只桨有规律地在水里拨动。

　　在一个地方河面变窄了。一簇簇的绿叶伸到水面来。树叶绿得可爱。这是许多棵茂盛的榕树,但是我看不出树干在什么地方。

　　我说许多棵榕树的时候,我的错误马上就给朋友们纠正了,一个朋友说那里只有一棵榕树,另一个朋友说那里的榕树是两棵。我见过不少的大榕树,但是像这样大的榕树我却是第一次看见。

　　我们的船渐渐地逼近榕树了。我有了机会看见它的真面目:是一棵大树,有着数不清的丫枝,枝上又生根,有许多根一直垂到地上,进了泥土里。一部分的树枝垂到水面,从远处看,就像一棵大树躺在水上一样。

　　现在正是枝叶繁茂的时节(树上已经结了小小的果子,而且有许多落下来了)。这棵榕树好像在把它的全部生命力展览给我们看。那么多的绿叶,一簇堆在另一簇上面,不留一点缝隙。翠绿的颜色明亮地在我们的眼前闪耀,似乎每一片树叶上都有一个新的生命在颤动,这美丽的南国的树!

　　船在树下泊了片刻,岸上很湿,我们没有上去。朋友说这里是"鸟的天堂",有许多只鸟在这棵树上做窝,农民不许人捉它们。我仿佛听见几只鸟扑翅的声音，但是等到我的眼睛注意地看那里时，我却看不见一只鸟的影子。只有无数的树根立在地上，像许多根木桩。地是湿的，大概涨潮时河水常常冲上岸去。"鸟的天堂"里没有一只鸟，我这样想道。船开了。一个朋友拨着船，缓缓地流到河中间去。

在河边田畔的小径里有几棵荔枝树。绿叶丛中垂着累累的红色果子。我们的船就往那里流去。一个朋友拿起桨把船拨进一条小沟。在小径旁边，船停住了，我们都跳上了岸。

两个朋友很快地爬到树上去，从树上抛下几枝带叶的荔枝，我同陈和叶三个人站在树下接。等到他们下地以后，我们大家一面吃荔枝，一面走回船上去。

第二天我们划着船到叶的家乡去，就是那个有山有塔的地方。从陈的小学校出发，我们又经过那个"鸟的天堂"。

这一次是在早晨，阳光照在水面上，也照在树梢。一切都显得非常明亮。我们的船也在树下泊了片刻。

起初四周非常清静。后来忽然起了一声鸟叫。朋友陈把手一拍，我们便看见一只大鸟飞起来，接着又看见第二只，第三只。我们继续拍掌。很快地这个树林变得很热闹了。到处都是鸟声，到处都是鸟影。大的，小的，花的，黑的，有的站在枝上叫，有的飞起来，有的在扑翅膀。

我注意地看。我的眼睛真是应接不暇，看清楚这只，又看漏了那只，看见了那只，第三只又飞走了。一只画眉飞了出来,给我们的拍掌声一惊,又飞进树林,站在一根小枝上兴奋地唱着,它的歌声真好听。

"走罢。"叶催我道。

小船向着高塔下面的乡村流去的时候,我还回过头去看留在后面的茂盛的榕树。我有一点的留恋的心情。昨天我的眼睛骗了我。"鸟的天堂"的确是鸟的天堂啊!

1933年6月在广州

机器的诗

　　为了去看一个朋友,我做了一次新宁铁路上的旅客。我和三个朋友一路从会城到公益,我们在火车上大约坐了三个钟头。时间长,天气热,但是我并不觉得寂寞。

　　南国的风物的确有一种迷人的力量。在我的眼里一切都显出一种梦景般的美:那样茂盛的绿树,那样明亮的红土,那一块一块的稻田,那一堆一堆的房屋,还有明镜似的河水,高耸的碉楼。南国的乡村,虽然里面包含了不少的痛苦,但是表面上它们还是很平静,很美丽的!

　　到了潭江,火车停下来。车轮没有动,外面的景物却开始慢慢地移动了。这不是什么奇迹。这是新宁铁路上的一段最美丽的工程。这里没有桥,火车驶上了轮船,就停留在船上,让轮船载着它慢慢地渡过江去。

我下了车，站在铁板上。船身并不小，甲板上铺着铁轨，火车就躺在铁轨上喘气。左边有卖饮食的货摊，许多人围在那里谈笑。我一面走，一面看。我走过火车头前面，到了右边。

船上有不少的工人。朋友告诉我，在船上做工的人在一百以上。我似乎没有看见这么多。有些工人在抬铁链，有几个工人在管机器。

在每一副机器的旁边至少站得有一个穿香云纱衫裤的工人。他们管理机器，指挥轮船前进。

看见这些站在机器旁边的工人的昂头自如的神情，我从心底生出了感动。

四周是平静的白水，远处有树，有屋。江面很宽。在这样的背景里显出了管理机器的工人的雄姿。机器有规律地响着，火车趴在那里，像一条被人制服了的毒蛇。

看着这一切，我感到了一种诗情。我仿佛读了一首真正的诗。于是一种喜悦的、差不多使我的心颤抖的感情抓住了我。这机器的诗的动人的力量，比任何诗人的作品都大得多。

诗应该给人以创造的喜悦，诗应该散布生命。我不是诗人，但是我却相信真正的诗人一定认识机器的力量，机器工作的巧妙，机器运动的优雅，机器制造的完备。机器是创造的，生产的，完美的，有力的。只有机器的诗才能够给人以一种创造的喜悦。

那些工人，那些管理机器、指挥轮船把千百个人、把许多辆火车载过潭江的工人，当他们站在铁板上面，机器旁边，一面管理机器，一面望着白茫茫的江面，看见轮船慢慢地驶近岸的时候，他们心里的感觉，如果有人能够真实地写下来，一定是一首好诗。

我在上海常常看见一些大楼的修建。打桩的时候，许多人都围在那里看。有力的机器从高处把一根又高又粗的木桩打进土地里面去，一下，一下，声音和动作都是有规律的，很快地就把木桩完全打进地里去了。四周旁观者的脸上都浮出了惊奇的微笑。地是平的，木头完全埋在地底下了。这似乎是不可信的奇迹。机器完成了奇迹，给了每个人以喜悦。这种喜悦的感情，也就是诗的感情。我每次看见工人建筑房屋，就仿佛读一首好诗。

1933年6月在广州

谈心会

一

我离开乡村师范的前一晚,是一个很美丽的月夜。学生们在举行谈心会。他们坐在草地上,围成一个大圈子,中间是花坛,前面是一片田野,田畔有一条小河。后面有三座并排的灰黑色的祠堂,就是他们的校舍,在一座小山的脚下。起初没有人说话,四周静极了。大家安闲地听着青蛙同蟋蟀合奏的月光曲。

这样的谈心会每星期举行一次。今天正是适当的日子。学生们非常高兴。教员们也很高兴。因为在这个谈心会上每个人都可以自由地讲自己心里的话。

他们给我留了一个座位,但是我却愿意躺在旁边的一根石凳上。我仰卧在那里,望着上面的无云的蓝天,明月就在海上安稳地航行。小虫在我的赤足上爬来爬去。偶尔有几只蚊子飞来。我在石凳上翻身好几次,我的眼皮渐渐地垂下来了。

他们在那边谈话,全是我的耳朵不大习惯的广东话。偶尔有几句送进我的耳里,我仿佛也懂得。起初是朋友洪谈他去年病中的生活。以后是一个学生谈他的过去,谈人与人之间的隔阂。接着另一个学生谈他在小学里教书的经验。一个女学生发言希望大家真正打破男女间的界限。一个年轻学生开始讲故事。后来朋友陈就讲我们这几天的乡村旅行。

我迷迷糊糊地在石凳上躺了好久,许多有价值的话都在我的耳边飞了过去。渐渐地我觉得不舒服,身子在石凳上发痛了。我翻一个身坐起来。我不知道时候的早迟,只是空气变得更凉爽,月亮在天空中的地位也大大地改变了。

我走到谈心会那里,一个女学生无精打采地讲话,好几个学生在打盹,一小部分人已经回寝室睡觉了。

洪看见我走近,便要我坐下,接着大家要我讲几句话。我没法推辞,只得零碎地讲了几段关于生活的话,洪担任翻译。

二

我从英国人汤·苦卜尔(T. Cooper)的一个小故事讲

起:"苦卜尔晚年有一天,一个女孩走到他面前,手里拿了一本纪念册,翻开空白页对他说:'苦卜尔,给我写点什么在这上面吧!'苦卜尔就写着:

> 爱真理,孩子,爱真理罢,
> 它会使你青春的早晨欢欣;
> 爱护真理使它永远光明,
> 在人生的正午
> 虽然会给你带来痛苦,
> 但是它会使你永远保持正直和真诚!……"

我接着就说到生活的态度:

"爱真理,忠实地生活,这是至上的生活态度。没有一点虚伪,没有一点宽恕,对自己忠实,对别人也忠实,你就可以做你自己的行为的裁判官。

"严格地批判自己,忠实地去走生活的路,这就会把你引到真理那里去。……"

我又引用了法国青年哲学家居友的话来说明什么是丰富的、满溢的生命。

居友说:"个人的生命应该为着他人放散,在必要的时候,还应该为着他人放弃……"

我接着说:"我们每个人都有着更多的思想,更多的同情，更多的爱慕，更多的欢乐，更多的眼泪，比我们维持自己的生存所需要的多得多。所以我们必须把它们分散给别人，并不贪图一点报酬。否则我们就会感到内部的干枯，正如居友所说：'我们的天性要我们这样做，就像植物不得不开花一样，即使开花以后接下去就是死亡，它仍然不得不开花。'……"

以后我又举出好几个例子，来说明生活的道路与生活的目标，最后我说出我的生活的信条：

"所以我们的生活信条应该是：忠实地行为，热烈地爱人民；帮助那需要爱的，反对那摧残爱的；在众人的幸福里谋个人的快乐，在大众的解放中求个人的自由……"

我还声明："这只是我对于生活的一点见解，一点经验。"

三

这些话都由朋友洪翻译出来给学生听了，他的翻译我也可以听懂。公平地说，他翻译得并不好。他甚至把"水流"译成了"水牛"。譬如我说生活可比之于一股水流。他却把生活比之于一条水牛，这条水牛在山上到处乱跑乱冲，沿途溅起了种种的水花。至于这水花是从什么地方来的，他自己却不知道了。

这个错误马上就由朋友叶出来更正了。但是我也没有理由责备洪，因为他这一晌实在太忙了。他把他的精力完全花在学校的事务上面。他今天太累了，他应该休息（他每天只有很短的睡眠时间），我本来就应当请另一个朋友来担任翻译。

叶还说了一段话补充我的意思。一个学生也说了几句，于是大家就站起来散了。我在月光下摸出表来看，是十一点四十八分。

众人都进学校去睡了。我一个人还留在外面。月光是如此明亮，乡村是如此安静，但是我的心跳得很厉害，我浑身发热，我仿佛看见我的血在沸腾。我在草地上散步许久。露水打湿了我的赤脚，我仍然没有睡意。我反复地问我自己：

我的生命要到什么时候才开花？

这对于我并不是一个新的问题。

第二天傍晚我离开了那个学校，以后也就没有再去。我再没有机会参加那里的谈心会了。但是一些学生的天真、活泼的面貌还不时在我的眼前出现。

1933年6月在广州

朋　友

这一次的旅行使我更了解一个名词的意义，这个名词就是：朋友。

七八天以前我曾对一个初次见面的朋友说："在朋友们面前我只感到惭愧。你们待我太好了，我简直没法报答你们。"这并不是谦虚的客气话，这是真的事实。说过这些话，我第二天就离开了那个朋友，并不知道以后还有没有机会再看见他。但是他给我的那一点点温暖至今还使我的心颤动。

我的生命大概不会很长久罢。然而在短促的过去的回顾中却有一盏明灯，照彻了我的灵魂的黑暗，使我的生存有一点光彩。这盏灯就是友情。我应该感谢它，因为靠了它我才能够活到现在；而且把旧家庭给我留下的阴影扫除了的也正是它。

　　世间有不少的人为了家庭抛弃朋友,至少也会在家庭和朋友之间划一个界限,把家庭看得比朋友重过若干倍。这似乎是很自然的事情。我也曾亲眼看见一些人结婚以后就离开朋友,离开事业。……

　　朋友是暂时的,家庭是永久的。在好些人的行为里我发见了这个信条。这个信条在我实在是不可理解的。对于我,要是没有朋友,我现在会变成怎样可怜的东西,我自己也不知道。

　　然而朋友们把我救了。他们给了我家庭所不能给的东西。他们的友爱,他们的帮助,他们的鼓励,几次把我从深渊的边沿救回来。他们对我表示了无限的慷慨。

　　我的生活曾经是悲苦的,黑暗的。然而朋友们把多量的同情,多量的爱,多量的欢乐,多量的眼泪分了给我,这些东西都是生存所必需的。这些不要报答的慷慨的施舍,使我的生活里也有了温暖,有了幸福。我默默地接受了它们。我并不曾说过一句感激的话,我也没有做过一件报答的行为。但是朋友们却不把自私的形容词加到我的身上。对于我,他们太慷慨了。

　　这一次我走了许多新地方,看见了许多新朋友。我的生活是忙碌的:忙着看,忙着听,忙着说,忙着走。但是我不曾遇到一点困难,朋友们给我准备好了一切,使我不会缺少什么。每走到一个新地方,我就像回到我那个在上海被日本兵毁掉的旧居一样。

每一个朋友,不管他自己的生活是怎样苦,怎样简单,也要慷慨地分一些东西给我,虽然明知道我不能够报答他。有些朋友,连他们的名字我以前也不知道,他们却关心我的健康,处处打听我的"病况",直到他们看见了我那被日光晒黑了的脸和膀子,他们才放心地微笑了。这种情形的确值得人掉眼泪。

有人相信我不写文章就不能够生活。两个月以前,一个同情我的上海朋友寄稿到《广州民国日报》的副刊,说了许多关于我的生活的话。他也说我一天不写文章第二天就没有饭吃。这是不确实的。这次旅行就给我证明:即使我不再写一个字,朋友们也不肯让我冻馁。世间还有许多慷慨的人,他们并不把自己个人和家庭看得异常重要,超过一切。靠了他们我才能够活到现在,而且靠了他们我还要活下去。

朋友们给我的东西是太多、太多了。我将怎样报答他们呢?但是我知道他们是不需要报答的。

最近我在法国哲学家居友的书里读到了这样的话:"生命的一个条件就是消费……世间有一种不能跟生存分开的慷慨,要是没有了它,我们就会死,就会从内部干枯。我们必须开花。道德,无私心就是人生的花。"

在我的眼前开放着这么多的人生的花朵了。我的生命要到什么时候才会开花？难道我已经是"内部干枯"了么？

一个朋友说过："我若是灯，我就要用我的光明来照彻黑暗。"

我不配做一盏明灯。那么就让我做一块木柴罢。我愿意把我从太阳那里受到的热放散出来，我愿意把自己烧得粉身碎骨给人间添一点点温暖。

1933年6月在广州

在普陀

到普陀的那一天,在海边的岩石缝里我们看见了不少的 isopod[①]。大的,小的,成群地在岩石上爬着。许多对相等的细脚,鱼鳞似的甲壳,两根长的黄须,黑的眼睛。大的有蝉身那样大,小的就很小,在这里我们看出了 isopod 的发育的全个阶段。

"我倒没有见过这样大的 isopod,"朋友朱看见一只很大的 isopod 从一个缝里爬出来,不觉惊喜地叫道,"在地中海边我都不曾见过这样大的。德拉日[②]研究这种东西很详细。他也没有找到这么大的。"

[①] isopod,等足类动物。
[②] 德拉日(1854—1920),法国著名动物学家。

"我们捉几只来看看。"我说。那个小动物的两只眼睛似乎很机警地在看我。

"好，明天去买一瓶酒精来，在这里采集些小动物回去。"朱说。

第二天上午我们游完了前山，下午四点钟以后我们一共五个人走出寺院，到街上去买酒精。在普陀山买酒精，似乎是一件奇怪的事情，起先在寺院里我们就问过和尚，和尚还疑心我们想喝酒。但是朱却相信在这里一定可以买到酒精。

街很短，中间是狭窄的石板路，两旁是旧式的店铺。进香袋，香烛，画片，地图，矾石的雕刻，以及汽水等等都摆在门前。我们问了好几家杂货店，那里不但没有酒精，连酒也没有。我们失望了，正打算回头走时，朱却在一家较大的店里买到了高粱酒，要了一个瓦罐盛着，提起来往海边走去。

海边有人游泳，可是只有寥寥的几个人。海滩上有人搭了布篷，做饮冰室，卖着汽水之类的东西，生意不大好，不过座位舒适，是帆布椅和藤椅，脚下全是沙。我们到了那里，就脱下外面的衫裤放在藤椅上，让一个爱喝啤酒的朋友看守，其余四个人赤脚经过沙地，往海边岩石上走去。那一罐高粱酒就拿在朱的手里。

沙滩上有许多小蟹在爬，人一走近，它们全钻进洞里去了。它们在沙滩上打了不少的小洞。

潮打湿的沙地是柔软的,脚踏在上面,使人起一种舒服的感觉。但是我们爬上岩石,不平的石块就刺得脚掌发痛了。我们从一块岩石跳过另一块,往最近海的高的岩石上爬去。潮水在我们的下面怒吼,一匹一匹的白浪接连地向这些岩石打来,到了岩石脚下又给撞回去了。那奇妙的声音,那四溅的水花……

　　但是我们不去管这些。我们走上岩石,就分散开来,各人找寻自己的捕获物。这些东西很多,除了 isopod 以外,我还看见了海葵、海螺、蟹、佛手和其他的几种小动物。

　　我在一个岩石边沿上跪下来,伸一只手去捉一只小蟹,这只蟹在岩石缝隙里,岩石缝隙里全是红色,就像涂了许多动物的血。许多海螺钉在那上面。我把手伸下去,那只蟹却向着更窄的缝隙跑进去了。但是我还看得见它的两只脚。我去向朱要了小刀来,用刀刺进手伸不到的缝隙里,起初蟹还不肯动,后来我把它骚扰得没有办法了,它只得跑出来。我连忙伸手去抓它,它就往里面一逃,可是已经迟了,它的一只螯和一只脚都被我抓住了。它终于被我用刀拨了出来。我把我的俘虏拿在手里看,它可怜地动着,一只螯和一只脚已经断了。

　　我走到朱那里,把蟹放进了酒罐。朱和西正在捉 isopod,他们已经捉了好几只大的。朱的兄弟在两块岩石中间下凹处洗脚。

浪已漫上了前面的岩石，那里已经积了一些水。我又往前面走去，把脚浸在清凉的水里。石上有好些花朵似的彩色的东西，那是海葵。它们浸在水里像盛开的花。我伸手去挨它们，它们马上缩小起来，成了一团。我便用刀去挖它们，它们像生根在石头里一般，起初简直弄不动，但是后来我终于把它们一一地弄起来了，这些奇怪的动物。

前面的某一块岩石上浪还没有漫上来，虽然最前面的岩石已经有一半浸进了水里。在那个岩石上我看见了一只佛手插在缝里，松绿色，很可爱，一半露在外面，好像很容易弄出来似的。我伸手去拿，没有用，又用刀去挖，也挖不动。我还在用力，不觉得潮已经涨上来了。我的耳边突然有了响声，一个大浪迎着我的头打来，我连忙把头一埋。全身马上湿透了，从头到脚都是水，眼镜也几乎被打落。搭在肩上的那条毛巾却落在岩石上给浪冲走，马上就看不见了。

"金，当心！不要给浪打下去！"朱在后面的一块岩石上警告我说。

我退后几步，坐到另一个岩石上去，取下眼镜来揩了一阵，因为镜片给浪打湿了。

我又戴上眼镜，俯下头去看海。下面全是白沫。水流得很急。浪带着巨声接连不断地打击岩石脚。前面较低的几块岩石已经淹没在水里了，只露出一些尖顶来。

我要是落到下面去，一定没有性命了。这样一想，我就觉得自己方才没有被浪打下去，真是侥幸得很。但是过了片刻，我看见那几块岩石还高出在水面上，我又想起了那只佛手，我的心不觉痒起来了。结果我还是到那个岩石去把佛手弄了出来，自然费了很大的力气。这种东西店里好像也有卖的，这个我并不是不知道。

在这些岩石上我们花去了一点钟以上的时间。后来我们回到布篷那里，我还在沙滩上睡了一觉。

傍晚大家穿好了衣服。朱提着酒罐，我们五个人沿着山路，跟着庙里的钟声，有说有笑地走回我们寄宿的寺院去。

路上有好些和尚和好些男女香客用惊奇的眼光看我们这个奇异的行列，看朱手里的酒罐。

1933年8月在上海

一个车夫

这些时候我住在朋友方的家里。

有一天我们吃过晚饭,雨已经住了,天空渐渐地开朗起来。傍晚的空气很凉爽。方提议到公园去。

"洋车!洋车!公园后门!"我们站在街口高声叫道。

一群车夫拖着车子跑过来,把我们包围着。

我们匆匆跳上两部洋车,让车夫拉起走了。

我在车上坐定了,用安闲的眼光看车夫。我不觉吃了一惊。在我的眼前晃动着一个瘦小的背影。我的眼睛没有错。拉车的是一个小孩,我估计他的年纪还不到十四。

"小孩儿,你今年多少岁?"我问道。

"十五岁!"他很勇敢、很骄傲地回答,仿佛十五岁就达到成人的年龄了。他拉起车子向前飞跑。他全身都是劲。

"你拉车多久了?"我继续问他。

"半年多了。"小孩依旧骄傲地回答。

"你一天拉得到多少钱?"

"还了车租剩得下二十吊钱!"

我知道二十吊钱就是四角钱。

"二十吊钱,一个小孩儿,真不易!"拉着方的车子的中年车夫在旁边发出赞叹了。

"二十吊钱,你一家人够用?你家里有些什么人?"方听见小孩的答话,也感到兴趣了,便这样地问了一句。

这一次小孩却不作声了,仿佛没有听见方的话似的。他为什么不回答呢?我想大概有别的缘故,也许他不愿意别人提这些事情,也许他没有父亲,也许连母亲也没有。

"你父亲有吗?"方并不介意,继续发问道。

"没有!"他很快地答道。

"母亲呢?"

"没有!"他短短地回答,声音似乎很坚决,然而跟先前的显然不同了。声音里漏出了一点痛苦来。我想他说的不一定是真话。

"我有个妹子,"他好像实在忍不住了,不等我们问他,就自己说出来,"他把我妹子卖掉了。"

我一听这话马上就明白这个"他"字指的是什么人。我知道这个小孩的身世一定很悲惨。我说:

"那么你父亲还在——"

小孩不管我的话，只顾自己说下去："他抽白面儿，把我娘赶走了，妹子卖掉了，他一个人跑了。"

这四句短短的话说出了一个家庭的惨剧。在一个人幼年所能碰到的不幸的遭遇中，这也是够厉害的了。

"有这么狠的父亲！"中年车夫慨叹地说了。"你现在住在哪儿？"他一面拉车，一面和小孩谈起话来。他时时安慰小孩说："你慢慢儿拉，省点儿力气，先生们不怪你。"

"我就住在车厂里面。一天花个一百子儿。剩下的存起来……做衣服。"

"一百子儿"是两角钱，他每天还可以存两角。

"这小孩儿真不易，还知道存钱做衣服。"中年车夫带着赞叹的调子对我们说。以后他又问小孩："你父亲来看过你吗？"

"没有，他不敢来！"小孩坚决地回答。虽是短短的几个字，里面含的怨气却很重。

我们找不出话来了。对于这样的问题我还没有仔细思索过。在我知道了他的惨痛的遭遇以后，我究竟应该拿什么话劝他呢？

中年车夫却跟我们不同。他不假思索，就对小孩发表他的道德的见解：

"小孩儿，听我说。你现在很好了。他究竟是你的天伦。他来看你，你也该拿点钱给他用。"

"我不给！我碰着他就要揍死他！"小孩毫不迟疑地答道，语气非常强硬。我想不到一个小孩的仇恨会是这样的深！他那声音，他那态度……他的愤怒仿佛传染到我的心上来了。我开始恨起他的父亲来。

中年车夫碰了一个钉子，也就不再开口了。两部车子在北长街的马路上滚着。

我看不见那个小孩的脸，不知道他脸上的表情，但是从他刚才的话里，我知道对于他另外有一个世界存在。没有家，没有爱，没有温暖，只有一根生活的鞭子在赶他。然而他能够倔强！他能够恨！他能够用自己的两只手举起生活的担子，不害怕，不悲哀。他能够做别的生在富裕的环境里的小孩所不能够做的事情，而且有着他们所不敢有的思想。

生活毕竟是一个洪炉。它能够锻炼出这样倔强的孩子来。甚至人世间最惨痛的遭遇也打不倒他。

就在这个时候，车子到了公园的后门。我们下了车，付了车钱。我借着灯光看小孩的脸。出乎我意料，它完全是一张平凡的脸，圆圆的，没有一点特征。但是当我的眼光无意地触到他的眼光时，我就大大地吃惊了。这个世界里存在着的一切，在他的眼里都是不存在的。在那一对眼睛里，我找不到承认任何权威的表示。我从没有见过这么骄傲、这么倔强、这么坚定的眼光。

我们买了票走进公园，我还回过头去看小孩，他正拉着一个新的乘客昂起头跑开了。

1934年6月在北平

生　命

　　我接到一个不认识的朋友的来信，他说愿意跟我去死。这样的信我已经接过好几封了，都是一些不认识的年轻人寄来的。现在我住在一个朋友的家里，是一个很安静的地方。我的窗前种了不少的龙头花和五色杜鹃。在自己搭架的竹篱上缠绕着牵牛花和美国豆的长藤。在七月的大清早，空气清新，花开得正繁，露出一片欣欣向荣的景象。对面屋脊上站着许多麻雀，它们正吵闹地欢迎新生的太阳。到处都充满着生命。我的心也因为这生命的繁荣而快活地颤动了。

　　然而这封信使我想起了另一些事情。我的心渐渐地忧郁起来。眼前生命的繁荣仿佛成了一个幻景，不再像是真实的东西了。我似乎看见了另一些景象。

　　我应该比谁都更了解自己罢。那么为什么我会叫人生出跟我去死的念头呢？难道我就不曾给谁展示过生命的美丽么？为什么在这个充满了生命的夏天的早晨我会谈到这样的信呢？

我的心里怀着一个愿望，这是没有人知道的：我愿每个人都有住房，每个口都有饱饭，每个心都得到温暖。我想揩干每个人的眼泪，不再让任何人拉掉别人的一根头发。

然而这一切到了我的笔下都变成另一种意义了。我的美丽的愿望都给现实生活摧毁干净了。同时另一种思想慢慢地在我的脑子里生长起来，甚至违背了我的意志。

我能够做什么呢？

"我就是真理，我就是大道，我就是生命。"能够说这样话的人是有福的了。

"我要给你们以晨星！"能够说这样话的人也是有福的了。

但是我，我什么时候才能够说一句这样的话呢？

1934年7月在北平

过 年

　　书桌放在窗前,每天我坐在这里,望着时光悄悄地走过去。看着,看着,又到了年终的时候。我的心海里涌起了波涛。

　　一年一年这样地过去,人渐渐地老起来,离坟墓越来越近。这是事实,然而使我如此感动的原因却不是这个。我是在悔恨我自己又把这一年大好的光阴白白地浪费了。不过我并不因此而有什么感伤。悔恨和感伤是不同的。

　　过去的年华像一座一座的山横在我后面。假使我回过头去,转身往后面走,翻越过一座山又一座山,我就会看见我的童年。事实上我有时候也作过这样的旅行。于是我在一座山的脚下站住了。

　　在我这个房间里不是常有小孩来玩么?六岁的,四岁的，三岁的。他们今天忘了昨天的事，甚至下午就忘了午前的事情。一分钟哭，过一分钟又笑。他们的世界是何等的简单！我最近也曾略略地研究过他们的心理，虽然不能说很了解，但是像一个狂信者那样地做着自己想做的事情：这种态度我倒有些明白。有一个时候我也曾经是这样的孩子！

旧历大年初二，母亲出去拜客了。我穿着臃肿的黄缎子棉袍和花缎棉鞋，一个人躲在花园后面一个小天井里燃放地老鼠之类的花炮，不知道怎样竟将自己的棉鞋烧起来了。我当时不知道自己脱鞋，却只顾哭着叫人，等到老妈子来时，右脚上已经烧烂了一块，以后又误于庸医，于是躺在床上呻吟了两三个月。我后来身体不健康，跟这件事情多少有点关系。

但是不管这个，我当时仍然过得很幸福，脚一好我也就把那件事情忘掉了。我一天关在书房里念那些不懂的书，一有机会就溜出来玩，到年底听说要放年假，心里的快活简直是无法形容的。孩子们喜欢新年，因为新年里热闹，而且可以毫无顾忌地痛快玩个十多天。

在那些时候我做过种种黄金似的好梦；但是我决不曾想到世界上会有这种种的事情，像我现在所看见的。那时我也曾有过能够早早长大的愿望。但是长大到了现在，孩童时代的幻梦都跟着年光流去了，只剩下这一颗满是创伤的心。而且当时我所爱过、恨过的人大半都早已安睡在寂寞的坟墓里面了。我是踏着尸骸走过长途,越过万重山而达到现在这个地方的。

黄金的童年啊!如果真像一般人那样感叹地这么想着,那真是"往事不堪回首"了!

所以四十几年前逝世的俄国诗人拉特松①有过一首叫作《床边》的诗:

> 孩子,在温暖、柔软的小床中,
> 你在梦中发出了这样的低语:
> "啊,上帝啊,我什么时候才会长大呢?
> 啊,只要人能够生长得更快一点啊!
> 那些讨厌的功课,我不要再学了,
> 那些讨厌的琴调我不要再练了;
> 我要常常去找朋友们玩呢,
> 我要常常到花园里去散步呢!"
> 我正埋着头做事,便带了忧郁的微笑,
> 默默地倾听着你的话语……
> 睡吧!我的宝贝,趁你还在父亲的保护下
> 不曾知道世间种种烦恼的时候……
> 睡吧,我的小鸟儿!那严酷的时光

---

① 谢·雅·拉特松(С. Я. Надсон, 1862—1887),俄罗斯诗人。

无情地快快飞去了,并不肯等着谁……
生活常常是一副重担。
光荣的童年就像一个假日,会去得很快……
要是我能和你掉换一下,那是多么快活:
我只愿能像你那样快乐,歌唱,
我只愿能像你那样高兴地笑,
吵闹地玩,无忧无虑地四处观看!

这不是在译诗,这只能算是直译俄文的意思。我奇怪拉特松怎么会写出这样的诗!他一共不过活了二十五岁,即使这诗是临死的那年写的,也嫌早了一点。二十五岁的人无论如何不应该说这样的话。他死得早,大概因为他的心被这种忧郁蚕食了。

我跟他不同。我虽然有"一颗满是创伤的心",但是我仍愿带着这颗心去走险途。我并不愿意年光倒流重返到儿时去,纵使这儿时真如一般人所说,是梦一般地美丽。孩子是生活在这个世界里而看不见这个世界的人。但这个世界存在而且支配着他的事实,却是铁铸一般地无可改变的。

做一个盲人好呢?还是做一个因为有眼睛而痛苦的人?我当然选取后者。而且我还想为这种痛苦做一点点事情。

在这一点上我倒应该给拉特松一个公道。因为先前忘记说下去,在中途便停止了。拉特松也写过像《那些心里还存在着对于黎明的将来的愿望的人,醒来吧!》(多么长的一个题目!)一类的诗,有着"和夜的黑暗斗争,好让阳光重新普照大地"的句子。并且据说拉特松有一个时期也很为青年们所欢迎,他的诗集也销过二三十版,因为他表现了当时青年的热望——爱被虐待受侮辱的同胞,为崇高的理想,为自由、平等、博爱而奋斗。但可惜的是那些诗我还不曾有机会读过。他的诗我只读了四首。

算到现在为止,我已经比拉特松多活了好几年了。我对于同时代的青年的热望,又做过什么事情呢?我们这时代的青年的热望不也就是——爱那被虐待受侮辱的同胞,为自由、平等、博爱而奋斗吗?

固然我写过几本小说之类的东西(我只说类似小说,因为也许有些正统派的小说家从艺术的观点来看,说它们并不是小说),但那是多么微弱的呼声啊!所以在回顾快要过去的一九三四年的时候,我又不觉为这一年光阴的浪费而感到痛悔了。

做孩子的时候,每到元旦,总要给父亲逼着在红纸条上写几个恭楷字,作为元旦试笔。如今父亲已经在坟墓里做了十几年的好梦,再也没有人来逼我写这一类的东西了。想到这里我似乎应当有一点点感伤,但是我并没有。也许我这颗心给生活的洪炉炼成了钢铁了。

1934年12月在横滨

我的故事

我在大太阳下面跑了半天的路,登了五十级楼梯,到了一个地方①,刚刚揩了额上的汗珠坐下,你的信就映入我的眼帘。我拆开信封,你那陌生而古怪的笔迹刺着我的眼睛。我看了几个字,把信笺放回到信封里;我又去拆第二封信。……我把别的几封信都匆忙地读了,同你的信一起放在衣袋里。我和这个地方的人说了几句话,便又匆匆地走下五十级楼梯,跑到街心去了。刚好前面停着一辆无轨电车,我一口气跑了过去。车子正要开动,我连忙跳了上去。车厢里人很少,我占着宽敞的座位。过了一会儿,我的心的跳动渐渐地恢复了常态,我可以把思想集中在一件事情上面了,我

---

① 一个地方,指当时的文化生活出版社,在上海福州路436号三楼。

便取出你的信来，仔细地但很费力地读了一遍，我不曾遗漏一个字，甚至写在你的名字下面的日期。那么一个悲痛的日子[①]！我不会把它忘掉。在你的名字上面写着的"一个小孩子"五个字，使我深深地感动。

电车到了一个站头，我下了车。我半跑半走地到了另一个地方，又登上几十级楼梯，在一个窄小的编辑室[②]里坐下来，我开始校对一篇我的稿子，就是那个悲痛的日子的文章[③]。关于那个日子我应该写一篇有力的东西。但是文句从我的笔下流到纸上，却变成多么软弱的句子了。生在这个时代，连我们的手和我们的舌头都似乎被什么东西钳住了似的，然而我们却尽管昂着头得意地走在街上说我们是自由的人！我校完那篇短文，我望着镶在它四周的宽黑边，一阵暗云在我的眼前飞过，我的心变得沉重起来。甚至那油墨印出的字迹也在对着我哭泣了。我不能够忍耐。我反抗地把校样折起发回给排字工人，我反抗地做出笑脸，对朋友们说了好几句话。于是有人来通知说，一个从乡下来的朋友在下面等着见我。我便走了下去。

四年的分别使我几乎不认识那个年轻友人了。四年前我和他有过一次谈话的机会。后来他托一位朋友转给我一只剥

---

① 一个悲痛的日子，指1936年9月18日。
② 编辑室，指当时在北四川路的良友图书公司的编辑室。
③ 文章，指《文季月刊》（良友公司发行）1936年9月号的卷头语。

制过的小鳄鱼。那个热带动物至今还爬在我的书架上。它的尾巴被一个朋友的小孩折断了一节,但是它的口还凶恶地大大张开。我每次望着它那个好像要把我吞下去的大嘴,就想起了南国灿烂的阳光,明亮的河流,长春的树木,尤其是那些展示了生命之丰富与美丽的大树。我的寒冷的房间因此渐渐地暖起来。这温暖也曾帮助我写成一些文章。我感谢那个朋友,但是我却没有机会向他表示谢忱。这一天我见到他。我们到附近一个咖啡店①里去谈了一个多钟头。他是从炎热的南洋来的,在那边他每天都喝咖啡,可是现在他说他不大喝它了。我从前看见他的时候,他似乎是一个健谈的人,如今他却不大开口了。每一次我闭了嘴看他,他的眼光停在我的脸上,他脸上的肌肉微微地动着,嘴也微微地动着,他似乎有许多不寻常的话要说出来。但是他只说了三四句寻常的话又沉默了。我很了解他:他不愿意回到守旧的乡村,想在都市里找到一个职业,只求能够简单地生活下去,为社会做一点有益的事情,为自己求得更多的学识。他这样一个大学毕业生找职业,要求并不高,但是这个社会上到处都是墙壁,没有一道门为他开过半扇。我后来问过一个朋友,得到的回答是:"大学毕业生,不敢碰。"别人以为"小事情不敢

---

① 咖啡店,指街角的"安乐园"。当时有人找我或靳以谈话,我们常常约他或她在那里见面。

请大学生屈就",而大事情却又被有势力的人"捷足先登"了。这是一个普遍的悲剧。在我们这个国家里要个别地找到个人的出路,似乎很艰难。我怀着痛苦的心情勉强做出笑容,对这位朋友说了不少安慰和鼓励的话。他好像渐渐地兴奋起来了。但是从咖啡店出来,我和他在街口握手告别的时候,我仔细地回想到刚才对他说的那些话,我又有一种痛苦不安的感觉。我的那些话对他能够有什么帮助呢?我不是白白地浪费了他的光阴么?

我回到编辑室,看见写字桌上有一封从北方来的信,也是一个不认识的朋友写的,我拆开信,取出那几张作为信笺的稿纸,我忽然胆怯起来,我不敢看它们,我就把它们揣在怀里。过了一阵一个电话打来,要我再到我先前离开的那个地方去,有人在那里等我。我匆忙地走到无轨电车的站头。无轨电车又把我带到先前来过的地方。我又登了五十级楼梯走到三层楼上。在这里我和不曾约定而无意间碰在一起的几个朋友,谈了一个多钟头的闲话。我又应该回到一点多钟前离开的那个地方去。因为那边还有朋友等着我一道吃饭,现在是吃饭的时候了。我从这里邀了一个朋友和我同去。

我们到了一家广东饭馆[①],另一个朋友[②]交了一封信给

[①] 广东饭馆,指北四川路虬江路口的"新雅"。
[②] 另一个朋友,指靳以。

我。一位患着肺病而不得不在南京一个机关里当小职员的友人①用快信告诉我，他的太太死了。一个影子在我的眼前掠过。我恍惚地看见了死的面影。我的心变得沉重了。我和这位友人两年多不通信了，和他的太太分别还是四年前的事。我记得很清楚：在北平的一个秋天的傍晚，那位脸颊红红的年轻太太，从她的母亲家小心翼翼地抱了新缝的铺盖到公寓里来，那情景还非常鲜明地现在我的眼前。这一对病弱的夫妇给了我不少的友情的温暖。我更不能忘记他们送我到车站的情景，那一天我们谈了许多话，但以后这些都成了春梦。我离开了他们，飘游了不少的地方，回到上海住了将近一年以后，在这个上海的秋天的傍晚，却意外地得到他的信，知道他的太太"在上月二十五日傍晚已经死去了，她想挣扎却再也不能挣扎地向生活永诀了"。那位朋友接着还说："她临死的时候还说，她死，我将是世界上一个最漂泊的人，我漂泊到什么地方去，又为什么要漂泊，她就没有给我接说，连我也不知道！"

我反复地读着信，我几乎当着几个朋友的面流下眼泪来，但是我终于用绝大的努力忍住了。我甚至开始大声说笑话。我似乎完全忘记了朋友的事情。然而在我的眼前还不时晃动着那两片红红的脸颊，和那一张苍白色的瘦削的脸。

---

①友人，指缪崇群。

我们在饭馆里坐了一个多钟头，安静地走出来，看见街上飞驰的兵车和惊慌的行人，才知道一个重大的"事件"突然发生了。一些市街在"友邦"军队①的警戒下断绝了交通。我看见了不少的枪刺，绕了不少的圈子，并且靠了一个黄包车夫的帮助，才回到了家。我怀着激动的心情，给他写了回信。我还继续写我的长篇小说②。这些时候外面静得如在一座古城，只有一些兵车的声音来打破这窒息人的沉寂。我一直写到凌晨四点多钟。

朋友，你看，对于你那两页信笺我所能答复的就只是这最后的两行。（你说："我很愿意知道你现在的情形，告诉我一些关于你的故事吧。那么我们中间会了解的。"）我只能够简略地告诉你一点点我的生活情形。你看我是一个多么软弱无力的人，而且我过的又是多么平凡的生活啊！

你说："我永远忘不了从你那里得来的勇气。"你说："你给了我生活的勇气。你给了我战斗的力量。"朋友，你把我过分地看重了。倘使你真的有那勇气，真的有那力量，那么应该说是社会把你磨炼出来的。你这个"陌生的十几岁的女孩"，你想不到现在是你给了我勇气，使我写出上面那些

---

① "友邦"军队，指日本海军陆战队。
② 长篇小说，指《春》，当时在《文季月刊》上连载。

事情的。那么让我来感谢你吧。①

1936年9月

---

① 在删去了那封短信《我的路》（1936年10月写）的开头，我还写过这样的话："的确我不应该用这么软弱的信来回答一个充满热情的勇气的孩子。我那封信的结尾本来应该照下面的样子写的：

"'你说："我永远忘不了从你那里得来的勇气。"你说："你给了我生活的勇气。你给了我战斗的力量。"朋友，你把我过分地看重了。倘使你真的有那勇气，真的有那力量，那么应该说是社会把你磨炼出来的。你这个"陌生的十几岁的女孩"，倒是你说了正确的话："去年一二·九学生运动的高潮把我鼓舞起来，使我坚决地走上民族解放斗争的路途！在这半年的战斗中，我得着不少的活知识与宝贵的经验。我抛弃了个人主义的孤立状态而走向集体的生活当中。我爱群众，我生活在他们中间。是的，我要把个人的幸福建筑在劳苦大众的幸福上。我要把我的生命和青春献给他们。"你看，现在是你给了我勇气使我写出上面那些事情的。那么让我来感谢你吧。'

"但是我遗漏了那一段极其重要的话。今天我反复地读它，我倒为这个重要的遗漏而感到苦恼了。（下略）"

悼鲁迅先生[①]

10月19日上午,一个不幸的消息从上海的一角传出来,在极短的时间里就传遍了全中国,全世界:

鲁迅先生逝世了!

花圈、唁电、挽辞、眼泪、哀哭从中国各个地方像洪流一样地汇集到上海来。任何一个小城市的报纸上也发表了哀悼的文章,连最远僻的村镇里也响起了悲痛的哭声。全中国的良心从没有像现在这样地悲痛的。这一个老人,他的一支笔、一颗心做出了那些巨人所不能完成的事业。甚至在他安静地闭上眼睛的时候,他还把成千上万的人牵引到他的身

[①] 这是《文季月刊》一卷六期的卷头语。《文季月刊》是我和靳以编辑的文学刊物,由上海良友图书公司发行。

边。不论是亲密的朋友或者恨深的仇敌，都怀着最深的敬意在他的遗体前哀痛地埋下了头，至少在这一刻全中国的良心是团结在一起的。

我们没有多的言辞来哀悼这么一位伟大的人，因为一切的语言在这个老人的面前都变成了十分渺小；我们不能单单用眼泪来埋葬死者，因为死者是一个至死不屈的英勇战士。但是我们也无法制止悲痛来否认我们的巨大损失；这个老人的逝世使我们失去了一位伟大的导师，青年失去了一个爱护他们的知己朋友，中国人民失去了一个代他们说话的人，中华民族解放运动失去了一个英勇的战士。这个缺额是无法填补的。

鲁迅先生是伟大的。没有人能够否认这样的一句话。然而我们并不想称他作巨星，比他作太阳，因为这样的比喻太抽象了。他并不是我们可望而不可即的自然界的壮观。他从不曾高高地坐在中国青年的头上。一个不识者的简单的信函就可以引起他胸怀的吐露，一个在困苦中的青年的呼吁也会得到他同情的帮忙。在中国没有一个作家像他那样爱护青年的。

然而把这样的一个人单单看作中国文艺界的珍宝是不够的。我们固然珍惜他在文学上的成就，我们也和别的许多人一样以为他的作品可以列入世界不朽的名作之林，但是我们更重视：在民族解放运动中，他是一个伟大的战士；在人类解放运动中,他是一个勇敢的先驱。

鲁迅先生的人格比他的作品更伟大。近二三十年来他的正义的呼声响彻了中国的暗夜,在荆棘遍地的荒野中,他高举着思想的火炬,领导无数的青年向着远远的一线亮光前进。

现在,这样的一个人从中国的地平线上消失了。他的死是全中国人民的一个不可补偿的损失。尤其是在国难加深、民族解放运动炽烈的时候,失去了这样的一个伟大的导师,我们的哀痛不是没有原因的。

别了,鲁迅先生!你说:"忘记我。"没有一个人能够忘记你的。我们不会让你静静地死去。你会活起来,活在我们的心里,活在全中国人民的心里。你活着来看大家怎样继承你的遗志向中华民族解放的道路迈进!

1936年10月在上海

悼范兄

　　昨夜窗外落着大雨，刚刚修补好的屋顶，阻止不了雨水的浸泻，我用一个面盆做武器，跟那接连不断的雨滴战斗。我躺在床上，整夜发着高热，不能闭上眼睛，那些时候我都想起你，我善良仁厚的亡友。我的心燃烧着，我的身体燃烧着，但我的头脑却是清醒的。在这凌乱地堆满家具和书报的宽大楼房的黑暗中展开了十二年的友情。你的和蔼的清瘦的面颜，通过了十二年的长岁月，在这雨夜里发亮。在闽南一个古城的武庙中，我们第一次握手，这是我最初从你的亲切的话里得到温暖和鼓舞。没有经过第三个人的介绍，我们竟然彼此深切地了解了。是社会改革的伟大理想把我们拉拢的。你为着自己的理想劳苦了二十年，你把你的心血、精力、肌肉都献了给它，人们看见你一天天地瘦下去，弱下去。一直到死，你没有停止过你的笔和唇舌。

我没有忘记，就是在十二年前那个南国的秋天里，我们在武庙的一个凉台上喝着绿豆粥，过了二三十个黄昏，我们望着夜渐渐地从庭前两棵大榕树繁茂的枝叶间落到地上，畅快地谈论着当前的社会问题和美丽的未来的梦景。让我们热情的声音，在晚风中追逐。参加谈话的人，我记得有时是五个，有时是六个。他们如今散处在四方，都还活得相当结实，却料不到偏偏少了一个你。

在朋友中你是一个切实的人。即使在侈谈梦景的时候，你也不曾让热情把你引到幻想的境域里去。在第一次的闲谈中我就看出来，甚至当崇高的理想在你脸上发光的时候，你也仍旧保持着科学的头脑。靠着你，我多知道一些事情，我知道怎样节制我的幻想，不让夸张的梦景迷住了我的眼睛。凉台上的夜谈并不是白费的。至少对我已经发生影响了。

在那个古城里，我们常常同看秋夜的星空。在那些夜里我也曾发着高热，喝着大碗神曲汁，但是亿万的发光的生命，使我忘记了身体的燃烧。从星球的生命中，我更了解了"存在界"的意义。你告诉我许多关于星球的事，让我知道你怎样由宇宙问题的探讨，而构成了你的生活哲学。

白天你又从外面那些浮着绿萍的水沼、水潭里带回来一杯、一瓶的污水，于是在你的书桌上，显微镜下面展开了一滴水中的世界，使我看见无数的原生动物的活动与死亡。

在你这里我看见了那无穷大的世界，在你这里我也看见了那无穷小的世界。我知道人并不是宇宙的骄子，我知道生命无处不在，我知道生命绵延不绝。你的生活哲学影响了我的。你的待人的态度也改变了我的。倘使我今天从我的生活中完全抽去了你的影响，则我将成为一个忘恩的人而辜负了死友的期望了。

你不是一个空谈家，也不是一个发号施令的英雄。在武庙凉台上的夜谈中你就显露了你的真实面目。谦逊，大量，勤勉，刻苦，这都是你的特点。你不是一个充满夺目光彩的豪士，也不是一个口如悬河的辩才。你是用诚挚，用理智，用坚信，用恒心来感动人的。别人把崇高的理想用来做成自己头顶上的圆光的时候，你却默默地在打算怎样为它工作，为它牺牲。所以你牺牲了健康，牺牲了家庭幸福，将自己的心血作为燃料，供给那理想多放一点光辉，却少有人知道你的名字，或者还有些不做一事的人随意用轻蔑的态度抹煞了你的工作。

的确在生前你是常常被人误解的。有人把你看作一个神经质的肺病患者，有人把你视为一个虚伪的道学家，还有人以为你只是一个被生活担子压得透不过气来的读书人。有好多次有些狂妄的，或者还带有中伤意味的话点燃了我的怒火，我愤慨地、热烈地争辩，我甚至愿意挖出我的心，只为了使友人能够更明白地了解你。我这争辩自然是没有用处的，我的话并不曾给你的面影增加光彩。后来还是你自己用你的笔、你的唇舌、你的工作精神、你的生活态度把许多颗年轻的心拉到你的身边，还是你自己用这些把别人投掷在你的面影上的污泥洗去，是你自己拨开了那些空谈家的烟雾，直立在人们的面前，不像一个病人，却像一个战士，一个被称为"生命的象征"的战士。（一个朋友称你作"生命的象征"，她这话的确不错。）

诚然十二年前我就知道你是一个肺病患者，而且我们也想得到有一天你终于会死在这个不治之症上。但是和你在一起时我却始终忘记你是一个病人。你的思想、你的言语和你的行为都不带丝毫的病态。人从你的身上看不到一点犹疑，一丝悲观，一毫畏怯。你不寻求休息，却渴望工作。你在各处散布生命，你应该是一个散播生命种子的人。十几年前你写过歌颂战士的文章，到临死你还写出了《生之欢乐》。你最后留下遗言，望年轻人爱真理向前努力。

在《战士颂》中你坦白地说过："我激荡在这绵绵不息、滂沱四方的生命洪流中，我就应该追逐这洪流，而且追过它，自己去制造更广、更深的洪流。我如果是一盏灯，这灯的用处便是照彻那多量的黑暗。我如果是海潮，便要鼓起波涛去洗涤海边一切陈腐的积物。"

在《生之欢乐》的开端，你更显明地承认："有人把人生当作秕糠，我却以为它是谷粒。有人把人生视同幻梦，我却以为它是实在。有人把人生作为苦药，我却以为它是欢乐。有许多人以人生为苦恼、黑暗、艰难、乏味、滞钝、不自由、憎恨、丑恶、柔弱的象征，我却认为人生是爱、美、光明、自由、活泼、有为、创造、进步的本身。"

你还勇敢地叫喊："人生的美、爱、力量，都是从奋斗中创造出来的。所以人不是环境的奴隶，而是环境的主人……从奋斗的人格中，我们窥见生之光明，生之进步，生之有为，生之自由。……人生的解释受了积极思想的指导，人将为自由，为光明，为爱，为美，为创造，为进步而生，因此人将与压迫、黑暗、暴行、丑恶搏斗。燧石因相击而生火，人则由奋斗而尝到生之欢乐。"

我从未听见过像这么美丽的洋溢着生命的战歌！在朋友中就只有你一个人是这么热情地在各处散布生命，鼓舞希望！在一个孩子的纪念册上你写着："希望是人生所需要的，人如没有希望，何异江河涸了流水。"你这条江一生就没有涸过流水。不但这样，而且你这条江更投入在"那个人类生活的大海里"，用你自己的话，"在大海里你得到了伟大的生命力，发见了不灭的希望"，的确一直到死，你没有失掉希望。

你和我都曾歌颂过战士，我们的战士所用的武器，不是枪和刀，却是知识、信仰和自己的意志。他把自己的意志锻炼成比枪刀更锋利、更坚实、更耐久的东西。他永远追求光明。他并不躺在晴空下面享受阳光,他却在暗夜里燃起火炬给人们照亮道路。对于他,生活便是不停的战斗。他不是取得光明而生存,便是带着满身伤痕而死去。你正是这类战士的一个典型,你从不知道灰心与绝望,你永没有失去青春的活力。

"除非他死,人不能使他放弃工作。"这是我称誉战士的话。你确实做到了这个地步。甚至在你的最后两年间,你的肺病已经进入第三期,你受着那么大的肉体痛苦的折磨,在死的黑影的威胁下,你还实践了你那"以有限的余生,为社会文化、思想运动作最后努力"的约言,完成了《科学与人生》、《达尔文》、《科学方法精华》三部译著。这许多万字,都应该是在"胸部剧痛"和"咳嗽厉害"中写成的。最后躺在死床上,你还努力写着你那篇题作《理想社会》的文章。可见一直到死都是些什么事情牵系住你的心。

十几年来你努力跟死挣扎,你几次征服了死,最后终于给死捉了去。这应该是一个悲剧。但是想到你怎样在死的威胁下努力工作,又以怎样的心情去接受死,我觉得这是一个壮观。一个朋友说,临死的你比任何强健的友人"都更富于生命力"!另一个青年友人却因为你以濒死之躯竟能够如此平静地保持着"坚决的信心和旷达的态度"而感到惭愧。一个温柔的女性的心灵曾经感动地为你写下这样的赞辞:"透过那为病菌磨枯了的身体,我望见了一个比谁都富于生命的欣欣向荣的灵魂！永远不绝望，永远在求生——为工作而生。"我应该给她添上几句：而且像一个播种的农夫，永远在散播生命的种子。你以一种超人的力量平静地吞食了那一切难忍的病痛，将它们化作生命的甘泉而吐出来。难道世间还有比这更强健的人？还有比这更美丽的生命的表现？

自然在你一生中，经济的压迫与生活的负担很少放松过你。要是换上一个环境，你也许至今还在美国的实验室里度着岁月。你也并不是没有"向上爬"的机会。对你的生活有决定影响的更不是经济的压迫。你为了理想才选取现在走的这条路，而且也是为了理想才选取了过去所走过的路。甘愿过着贫苦生活，默默地埋头工作，在绝望的情形下苦苦地支持着你的教育事业，把忌恨和责难全引到自己的身上，一直到用尽了自己的力量，使事情告一个段落，才又默默地卸下两肩的责任，去到另一个地方开始接受新的工作。倘若单是为了个人的生活，你不会让工作把你的身体磨到这样；倘若单是为了个人的生活，你又不会有那么坚强、充实的精力，在患病垂危的最后二年间还做出那样多的事情。

通过了你的一生，你始终把握着战士的武器。你的一生就是意志征服环境的一个最有力的表现，你做了许多在你的处境里似乎是不可能的事情。你在艰苦的环境中锻炼自己，创造自己，只为了来完成更大的工作。你终于留下不少的成绩和不小的影响而去了。你的死使我想到了法国大革命时期的启蒙学者龚多塞,他在服毒以前安静地写下了遗言:"科学要征服死。"我又想起一个躺在战场上的兵,他看见自己的战胜的旗帜在敌人的阵地上飘扬,才安然闭上燃烧的眼睛。

看了这样辉煌的战绩以后,你对自己的死应该没有遗憾了。你是完成了你的任务以后才倒下的。而我们呢?作为你的朋友的我们,至少我是没有理由来哀悼你的。失去了这个散布生命的人,失去这个"生命的象征",像这样一个生命的壮观如今竟然在我们的面前永久消去,我们应该感到何等的寂寞。我们应该为这个巨大的损失悲痛。

在这里我不敢提说到个人的私谊,这几年来我已经失掉不少能够了解我、鼓舞我、督责我、安慰我、帮助我的友人,如今又失去这个不可少的你!十二年来的关切、鼓励、期望、扶助(我永不能忘记"八·一三"以后两个月你汇款给我的事,那时你自己也是相当困苦的),现在都成了一阵烟,一阵雾。我在成都得到你的死讯,回来读到你生前寄出的告别信。我读了开头的几句:"无论属于公的或属于私的,我有千言万语需要对你说,但我无从说起。"我只有伏在书桌上淌泪,范兄,我不是在为你流泪,我是在哭我自己。

在你的告别信里还有两段我不能卒读的话,我不知道你是怎样把它们写下来的,你甚至带点残酷地说:

自去年冬至节以后，忽然变成终日喘哮不绝，且痰塞喉间，乎卢乎卢作响，咽喉剧痛，声音全部哑失。现由中西医诊断，谓阴历十二月一个月为生死关键。

　　最近几个月来我已受够了病的痛苦，因为喉痛，连鲜牛乳、鸡汁都不能自由地吃。四肢和身躯已成枯柴，仅剩了骨和不光泽的皮。我已不能自己穿衣，不能自己研墨执笔，我的身体可说完全失了自由。

在我们这些活着的友人中间有谁受过这样痛苦的病的折磨？又有谁能够忍受这一切而勇敢地一直工作到死？更有谁在自己就要失去生命的时候还能够那么热情地到处散布生命，写出洋溢着生命的歌颂生之欢乐的文章？倘然有一天我也到了你这样的境地，我不知道自己是否可以保持着你的十分之一的勇敢和热情，像一个战士那样屹立在人世的波涛中间？我更担心自己是否还可以像你那么宁静，那么英勇地去迎接死？

今天仍旧在这间堆满家具和书报的宽大楼房里，窗外街中响着喧嚣的汽车声，尘土和炎热不断地落到我的头上，身上，手上和纸上。时间已是开篇所谓"昨夜"后的第四天了，我的高热刚刚退尽。这几天里我不能够做别的事情，我就只想到你，我善良仁厚的亡友。你现在永远地离开我们了。一直到最后你还给我们留下一个战士的榜样，你还指示我们一个充实的生命的例子，你对自己，对朋友都可以说是毫无遗憾的。正如我在前面说的那样，你是尽了你的战士的任务躺下了，你把这广大的世界和这么多待做的工作留给我们。继续你的遗志前进，这正是作为你的友人的我们的责任。范兄！你静静地安息罢，我不能再辜负你的殷切的期望了。

从炎热的下午到了阴雨的深夜，雨洗去了闷热，但也给我带来寂寞。而且这是带点悲凉味的寂寞。一切都睡去了，除了狗吠和蛙鸣。十二年的友情又来折磨我的心。我从凌乱的书桌上，拿起你的信函，你那垂死的手写出来的有力的字迹，正在诉说十二年中间两个友人的故事。武庙中第一次的握手，也就是同样的写这信的手和拿这信的手罢，那么这应该是我们的最后一次的握手了。这样的告别，这是多么可悲痛的告别啊！

但是望着眼前你的活跃的字迹，我能够相信你已经离开了我们这个世界么？

凉风从窗外吹入，我伸出头去望天空，雨天自然没有星光，但是我的眼前并不是一片黑暗。我想起了一颗死去的星。星早已不存在于宇宙间了，但是它的光芒在若干年后才达到地球，而且照耀在地球上。范兄，你就是这样的一颗星，你的光现在还亮在我的眼前，它在给我照路！

1941年6月17日夜在重庆沙坪坝

风

二十几年前,我羡慕"列子御风而行"①,我极愿腋下生出双翼,像一只鸷鸟自由地在天空飞翔。

现在我有时仍做着飞翔的梦,没有翅膀,我用两手鼓风。然而睁开眼睛,我还是郁闷地躺在床上,两只手十分疲倦,仿佛被绳子缚住似的。于是,我发出一二声绝望的叹息。

做孩子的时候,我和几个同伴都喜欢在大风中游戏。风吹起我们的衣襟,风吹动我们的衣袖。我们张着双手,顺着风势奔跑,仿佛身子轻了许多,就像给风吹在空中一般。当时自己觉得是在飞了。因此从小时候起我就喜欢风。

---

① 《庄子·逍遥游》篇:"夫列子御风而行,泠然善也,旬有五日而后反。"

后来进学校读书，我和一个哥哥早晚要走相当远的路。雨天遇着风，我们就用伞跟风斗争。风要拿走我们的伞，我们不放松；风要留住我们的脚步，我们却往前走。跟风斗争，是一件颇为吃力的事。但是我们从这个也得到了乐趣，而且不用说，我们的斗争是得到胜利的。

这也是很久以前的事了。不过现在回想起来还是值得怀念的。

可惜我不曾见过飓风。去年坐海船，为避飓风，船在福州湾停了一天半。天气闷热，海面平静，连风的影子也没有。船上的旗纹丝不动，后来听说飓风改道走了。

在海上，有风的时候，波浪不停地起伏，高起来像一座山，而且开满了白花。落下去又像一张大嘴，要吞食眼前的一切。轮船就在这一起一伏之间慢慢地前进。船身摇晃，上层的桅杆、绳梯之类，私语似的吱吱喳喳响个不停。这情景我是经历过的。

但是我没有见过轮船被风吹在海面飘浮，失却航路，船上一部分东西随着风沉入海底。我不曾有过这样的经验。

今年我过了好些炎热的日子。有人说是奇热，有人说是闷热，总之是热。没有一点风声，没有一丝雨意。人发喘，狗吐舌头，连蝉声也像哑了似的，我窒息得快要闭气了。在这些时候我只有一个愿望：起一阵大风，或者下一阵大雨。

1941年7月9日在昆明

雨

窗外露台上正摊开一片阳光，我抬起头还可以看见屋瓦上的一段蔚蓝天。好些日子没有见到这样晴朗的天气了。早晨我站在露台上昂头接受最初的阳光，我觉得我的身子一下就变得十分轻快似的。我想起了那个意大利朋友的故事。

路易居·发布里在几年前病逝的时候，不过四十几岁。他是意大利的亡命者，也是独裁者墨索里尼的不能和解的敌人。他想不到他没有看见自由的意大利，在那样轻的年纪，就永闭了眼睛。一九二七年春天在那个多雨的巴黎城里，某一个早上阳光照进了他的房间，他特别高兴地指着阳光说，这是一件了不起的可喜的事。我了解他的心情，他是南欧的人，是从阳光常照的意大利来的。见到在巴黎的春天里少见的日光，他又想起故乡的蓝天了。他为着自由舍弃了蓝天；

他为着自由贡献了一生的精力。可是自由和蓝天两样,他都没有能够再见。

我也像发布里那样地热爱阳光。但有时我也酷爱阴雨。

十几年来,不打伞在雨下走路,这样的事在我不知有过多少次。就是在一九二七年,当发布里抱怨巴黎缺少阳光的时候,我还时常冒着微雨,在黄昏、在夜晚走到国葬院前面卢骚的像脚下,向那个被称为"十八世纪世界的良心"的巨人吐露一个年轻异邦人的痛苦的胸怀。

我有一个应当说是不健全的性格。我常常吞下许多火种在肚里,我却还想保持心境的和平。有时火种在我的腹内燃烧起来。我受不住熬煎。我预感到一个可怕的爆发。为了浇熄这心火,我常常光着头走入雨湿的街道,让冰凉的雨洗我的烧脸。

水滴从头发间沿着我的脸颊流下来,雨点弄污了我的眼镜片。我的衣服渐渐地湿了。出现在我眼前的只是一片模糊的雨景,模糊……白茫茫的一片……我无目的地在街上走来走去。转弯时我也不注意我走进了什么街。我的脑子在想别的事情。我的脚认识路。走过一条街,又走过一条马路,我不留心街上的人和物,但是我没有被车撞伤,也不曾跌倒在地上。我脸上的眼睛看不见现实世界的时候,我的脚上却睁开了一双更亮的眼睛。我常常走了一个钟点,又走回到自己住的地方。

我回到家里,样子很狼狈。可是心里却爽快多了。仿佛心上积满的尘垢都给一阵大雨洗干净了似的。

　　我知道俄国人有过"借酒淹愁"的习惯。[①]我们的前辈也常说"借酒浇愁"。如今我却在"借雨洗愁"了。

　　我爱雨不是没有原因的。

1941年7月20日

---

　　① "俄国人的借酒淹愁的毛病并不像一般人所说的那样坏。昏沉的睡眠究竟比烦恼的失眠好……"(见亚·赫尔岑的回忆录《往事与回忆》第五部)

月

每次对着长空的一轮皓月，我会想：在这时候某某人也在凭栏望月么？

圆月有如一面明镜，高悬在蓝空。我们的面影都该留在镜里罢，这镜里一定有某某人的影子。

寒夜对镜，只觉冷光扑面。面对凉月，我也有这感觉。

在海上，山间，园内，街中，有时在静夜里一个人立在都市的高高露台上，我望着明月，总感到寒光冷气侵入我的身子。冬季的深夜，立在小小庭院中望见落了霜的地上的月色，觉得自己衣服上也积了很厚的霜似的。

的确，月光冷得很。我知道死了的星球是不会发出热力的。月的光是死的光。

但是为什么还有姮娥奔月的传说呢？难道那个服了不死

之药的美女便可以使这已死的星球再生么？或者她在那一面明镜中看见了什么人的面影罢。

1941年7月22日

星

在一本比利时短篇小说集里,我无意间见到这样的句子:

"星星,美丽的星星,你们是滚在无边的空间中,我也一样,我了解你们……是,我了解你们……我是一个人……一个能感觉的人……一个痛苦的人……星星,美丽的星星……"①

我明白这个比利时某车站小雇员的哀诉的心情。好些人都这样地对蓝空的星群讲过话。他们都是人世间的不幸者。星星永远给他们以无上的安慰。

---

① 引自于尔拜·克安司的《红石竹花》(见戴望舒选译的《比利时短篇小说集》,商务印书馆,1934年版)。

在上海一个小小舞台上，我看见了屠格涅夫笔下的德国音乐家老伦蒙。[①]他或者坐在钢琴前面，将最高贵的感情寄托在音乐中，呈献给一个人；或者立在蓝天底下，摇动他那白发飘飘的头，用赞叹的调子说着："你这美丽的星星，你这纯洁的星星。"望着蓝空里眼瞳似的闪烁着的无数星子，他的眼睛润湿了。

我了解这个老音乐家的眼泪。这应该是灌溉灵魂的春雨罢。

在我的房间外面，有一段没有被屋瓦遮掩的蓝天。我抬起头可以望见嵌在天幕上的几颗明星。我常常出神地凝视着那些美丽的星星。它们像一个人的眼睛，带着深深的关心望着我，从不厌倦。这些眼睛每一眨动，就像赐予我一次祝福。

在我的天空里星星是不会坠落的。想到这，我的眼睛也湿了。

1941年7月22日

[①] 1940年，上海的苏联侨民根据尼·伊·梭包里斯奇科夫-沙马林1913年的改编本演出。

狗

小时候我害怕狗。记得有一回在新年里,我到二伯父家去玩。在他那个花园内,一条大黑狗追赶我,跑过几块花圃。后来我上了洋楼,才躲过这一场灾难,没有让狗嘴咬坏我的腿。

以后见着狗,我总是逃,它也总是追,而且屡屡望着我的影子猎猎狂吠。我愈怕,狗愈凶。

怕狗成了我的一种病。

我渐渐地长大起来。有一天不知道因为什么,我忽然觉得怕狗是很可耻的事情。看见狗我便站住,不再逃避。

我站住,狗也就站住。它望着我狂吠,它张大嘴,它做出要扑过来的样子。但是它并不朝着我前进一步。

它用怒目看我,我便也用怒目看它。它始终保持着我和它中间的距离。

这样地过了一阵子,我便转身走了。狗立刻追上来。

我回过头。狗马上站住了。它望着我恶叫,却不敢朝我扑过来。

"你的本事不过这一点点。"我这样想着,觉得胆子更大了。我用轻蔑的眼光看它,我顿脚,我对它吐出骂语。

它后退两步,这次倒是它露出了害怕的表情。它仍然汪汪地叫,可是叫声却不像先前那样地"恶"了。

我讨厌这种纠缠不清的叫声。我在地上拾起一块石子,就对准狗打过去。

石子打在狗的身上,狗哀叫一声,似乎什么地方痛了。它马上掉转身子夹着尾巴就跑,并不等我的第二块石子落到它的头上。

我望着逃去了的狗影,轻蔑地冷笑两声。

从此狗碰到我的石子就逃。

1941年7月24日

虎

我不曾走入深山，见到活泼跳跃的猛虎。但是我听过不少关于虎的故事。

在兽类中我最爱虎；在虎的故事中我最爱下面的一个：

深山中有一所古庙，几个和尚在那里过着单调的修行生活。同他们做朋友的，除了有时上山来的少数乡下人外，就是几只猛虎。虎不惊扰僧人，却替他们守护庙宇。作为报酬，和尚把一些可吃的东西放在庙门前。每天傍晚，夕阳染红小半个天空，虎们成群地走到庙门口，吃了东西，跳跃而去。庙门大开，僧人安然在庙内做他们的日课，也没有谁出去看虎怎样吃东西，即使偶尔有一二和尚立在门前，虎们也视为平常的事情，把他们看作熟人，不去惊动，却斯斯文文地吃完走开。如果看不见僧人，虎们就发出几声长啸，随着几阵风飞腾而去。

可惜我不能走到这座深山,去和猛虎为友。只有偶尔在梦里,我才见到这样可爱的动物。在动物园里看见的则是被囚在"狭的笼"①中摇尾乞怜的驯兽了。

其实说"驯兽",也不恰当。甚至在虎圈中,午睡醒来,昂首一呼,还能使猿猴战栗。万兽之王的这种余威,我们也还可以在做了槛内囚徒的虎身上看出来。倘使放它出柙,它仍会奔回深山,重做山林的霸主。

我记起一件事情:三十一年前,父亲在广元做县官。有天晚上,一个本地猎户忽然送来一只死虎,他带着一脸惶恐的表情对我父亲说,他入山打猎,只想猎到狼、狐、豺、狗,却不想误杀了万兽之王。他决不是存心打虎的。他不敢冒犯虎威,怕虎对他报仇,但是他又不能使枉死的虎复活,因此才把死虎带来献给"父母官",以为可以减轻他的罪过。父亲给了猎人若干钱,便接受了这个礼物。死虎在衙门里躺了一天,才被剥了皮肢解了。后来父亲房内多了一张虎皮椅垫,而且常常有人到我们家里要虎骨粉去泡酒当药吃。

我们一家人带着虎的头骨回到成都。头骨放在桌上,有时我眼睛看花了,会看出一个活的虎头来。不过虎骨总是锁在柜子里,等着有人来要药时,父亲才叫人拿出它来磨粉。

---

① "狭的笼",指虎圈,见爱罗先珂的童话《狭的笼》(鲁迅译)。

最后整个头都变成粉末四处散开了。

  经过三十年的长岁月，人应该忘记了许多事情。但是到今天我还记得虎头骨的形状，和猎人说话时的惶恐表情。如果叫我把那个猎人的面容描写一下，我想用一句话：他好像做过了什么亵渎神明的事情似的。我还要补充说：他说话时不大敢看死虎，他的眼光偶尔挨到它，他就要变脸色。

  死了以后，还能够使人害怕，使人尊敬，像虎这样的猛兽，的确是值得我们热爱的。

1941年7月26日

伤　害

一个初冬的午后，在泸县城里，一条被燃烧弹毁了的街旁，我看见一个黑脸小乞丐寂寞地立在面食担子前，用羡慕的眼光，望着两个肥胖孩子正在得意地把可口的食物往嘴里送。

我穿着秋大衣，刚在船上吃饱饭，闲适地散步到街上来。

但是他，这个六七岁的孩子，赤着脚，露着腿，身上只披一块破布，紧紧包住他那瘦骨的一身黑皮在破布的洞孔下发亮。他的眼睛无光，两颊深陷，嘴唇干瘪得可怕，两只干瘦得像鸡爪的手无力地捧着一个破碗，压在胸前。

他没有温暖，没有饱足。他不讲话，也不笑。黑瘦的脸上涂着寂寞的颜色。

我不愿多看他，便匆匆走过他的身旁。但是我又回转来，因为我也不愿意就这样地离开他。

这样地一来一往，我在他的身边走过四五次。他不抬头看我一眼，好像他对这类事情并不感到惊奇。我注意地看他，才知道他的眼光始终停留在面食担子上。但甚至这眼光也还是无力的。

我站在他面前，不说什么，递了一张角票给他。

他也默默地接过角票，把眼光从担子上掉开。他茫然地看看我，没有一点表情，仍然不开口。于是他埋下眼睛，移动一下身子，又把脸掉向面担。两个胖小孩还在那里吃"连肝肉"、"心肺"一类的东西，口里"嘘嘘"作声。

我想揩去他脸上的寂寞的颜色，便向他问两句话。他没有理我。他甚至不掉过头来看我。

我想，也许他没有听见我的话，也许我的话使他不高兴。我问的是：你有没有家？有没有亲人？

我不再对他说话，我默默地离开了他。我转弯时还回头去看那个面担，黑脸小乞丐立在担子前，畏怯地望着卖面人，右手伸到嘴边，一根手指头衔在口里。两个肥胖小孩却站到旁边一个卖糖食的摊子前面去了。

七天后我再到泸县城里，又经过那条街。仍然是前次看见的那样的街景。面食担子仍然放在原处。两个肥小孩还是同样得意地在吃东西。黑脸小乞丐仿佛也就站在一星期前立过的那个地方，用了同样羡慕的眼光望着他们。一切都没有改变。我似乎并没有在别处耽搁了一个星期。

我走到黑脸小孩面前,又默默地递了一张角票到他的手里。他也默默地接着,而且也茫然地看我一眼,没有表情,也没有动作。以后他仍旧把脸掉向面担。

我们两个都重复地做着前次的动作。我甚至没有忘记问他:你有没有一个家?有没有一个亲人?

这次他仍旧不回答我,不过他却仰起头看了我一两分钟。我也埋下眼睛去看他的黑脸。茫然的表情消失了。他圆圆地睁着那对血红的眼睛,泪水像线一样地从两只眼角流下来。他把嘴一动,没有发出声音,就猝然掉转身子,用劲地一跑。

我在后面唤他,要他站住。他不听我的话。我应该叫他的名字,可是我不知道他有什么样的姓名。我站在面担前,希望能够看见他回来。然而他的瘦小身子像一股风似的飘走了,并没有一点踪迹。

我等了一会儿,又走到旁边那个在废墟上建造起来的临时广场上,跟着一些本地人听一个老烟客讲明太祖创业的故事。那个老烟客指手画脚地讲得津津有味。众人都笑。我却不作声。我的心并不在这里。

过了半点钟,这附近还不见那个黑脸小孩的影子。我便到城里各处走了一转,后来再经过这个地方,我想,他应该回来了,但是我仍旧看不到他。那两个肥胖小孩还在面担前吃东西。

我感到疲倦了。我不知道黑脸小孩住在什么地方，或者他是否就有住处。我不知道他什么时候可以再到这里来。看见阳光离开了街市，我觉得疲倦增加了。我想回到船上去休息。

最后我终于拖着疲倦的身子离开了泸县。那一段路是不容易走的，我的心很沉重。我想到那个黑脸小孩和他的突然跑开，我知道自己犯了过失了。

我为什么两次拿那问话去折磨他呢？这原是明显的事实：要是他有家，有亲人，他还会带着冻和饿寂寞地立在街旁么？他还会像一棵枯草，一只病犬那样，木然地、无力地挨着日子么？

他也许不知道家和亲人的意义。但是他自己和那两个胖小孩间的差别，他应该了解罢。从这差别上他也许可以明白家和亲人的意义的。那么，我大大地伤害了他，这也是很明显的事实了。

今天，八个月以后的今天，我还记得那个黑脸小孩的面貌和他两只眼角的泪水。他一定早忘记了我。但是我始终忘不掉他。我想请求他那小小的心灵宽恕我。然而我这些话能够到达他的耳边么？他会有机会看到我的文章么？

我不知不觉间在那个时候犯了不可补偿的过失了。

1941年8月1日

梦

据说"至人无梦"。幸而我只是一个平庸的人。

我有我的梦中世界,在那里我常常见到你。

昨夜又见到你那慈祥的笑颜了。

还是在我们那个老家,在你的房间里,在我的房间里,你亲切地对我讲话。你笑,我也笑。

还是成都的那些旧街道,我跟着你一步一步地走过平坦的石板路,我望着你的背影,心里安慰地想:父亲还很康健呢。一种幸福的感觉使我的全身发热了。

我那时不会知道我是在梦中,也忘记了二十五年来的艰苦日子。

在戏园里,我坐在你旁边,看台上的武戏,你还详细地给我解释剧中情节。

我变成二十几年前的孩子了。我高兴，我没有挂虑地微笑，我不假思索地随口讲话。我想不到我在很短的时间以后就会失掉你，失掉这一切。

然而睁开眼睛，我只是一个人，四周就只有滴滴的雨声。房里是一片黑暗。

没有笑，没有话语。只有雨声：滴——滴——滴。

我用力把眼睛睁大，我撩开蚊帐，我在漆黑的空间中找寻你的影子。

但是从两扇开着的小窗，慢慢地透进来灰白色的亮光，使我的眼睛看见了这个空阔的房间。

没有你，没有你的微笑。有的是寂寞、单调。雨一直滴——滴地下着。

我唤你，没有回应。我侧耳倾听，没有脚声。我静下来，我的心怦怦地跳动。我听得见自己的心的声音。

我的心在走路，它慢慢地走过了二十五年，一直到这个夜晚。

我于是闭了嘴。我知道你不会再站到我的面前。二十五年前我失掉了你。我从无父的孩子已经长成一个中年人了。

雨声继续着。长夜在滴滴声中进行。我的心感到无比地寂寞。怎么，是屋漏么？我的脸颊湿了。

小时候我有一个愿望：我愿在你的庇荫下做一世的孩子。现在只有让梦来满足这个愿望了。

至少在梦里,我可以见到你,我高兴,我没有挂虑地微笑,我不假思索地随口讲话。

为了这个,我应该感谢梦。

1941年8月3日

废园外

晚饭后出去散步，走着走着又到了这里来了。

从墙的缺口望见园内的景物，还是一大片欣欣向荣的绿叶。在一个角落里，一簇深红色的花盛开，旁边是一座毁了的楼房的空架子。屋瓦全震落了，但是楼前一排绿栏杆还摇摇晃晃地悬在架子上。

我看看花，花开得正好，大的花瓣，长的绿叶。这些花原先一定是种在窗前的。我想，一个星期前，有人从精致的屋子里推开小窗眺望园景，赞美的眼光便会落在这一簇花上。也许还有人整天倚窗望着园中的花树，把年轻人的渴望从眼里倾注在红花绿叶上面。

但是现在窗没有了，楼房快要倾塌了。只有园子里还盖满绿色。花还在盛开。倘使花能够讲话，它们会告诉我，它们所看见的窗内的面颜，年轻的，中年的。是的，年轻的面颜，可是，如今永远消失了。因为花要告诉我的不止这个，它们一定要说出八月十四日的惨剧。精致的楼房就是在那天毁了的。不到一刻钟的工夫，一座花园便成了废墟了。

我望着园子，绿色使我的眼睛舒畅。废墟么？不，园子已经从敌人的炸弹下复活了。在那些带着旺盛生命的绿叶红花上，我看不出一点被人践踏的痕迹。但是耳边忽然响起一个女人的声音："陈家三小姐，刚才挖出来。"我回头看，没有人。这句话还是几天前，就是在惨剧发生后的第二天听到的。

那天中午我也走过这个园子，不过不是在这里，是在另一面，就是在楼房的后边。在那个中了弹的防空洞旁边，在地上或者在土坡上，我记不起了，躺着三具尸首，是用草席盖着的。中间一张草席下面露出一只瘦小的腿，腿上全是泥土，随便一看，谁也不会想到这是人腿。人们还在那里挖掘。远远地在一个新堆成的土坡上，也是从炸塌了的围墙缺口看进去，七八个人带着悲戚的面容，对着那具尸体发愣。这些人一定是和死者相识的罢。那个中年妇人指着露腿的死尸说："陈家三小姐，刚才挖出来。"以后从另一个人的口里我知道了这个防空洞的悲惨故事。

一只带泥的腿，一个少女的生命。我不认识这位小姐，我甚至没有见过她的面颜。但是望着一园花树，想到关闭在这个园子里的寂寞的青春，我觉得心里被什么东西搔着似的痛起来。连这个安静的地方，连这个渺小的生命，也不为那些太阳旗的空中武士所宽容。两三颗炸弹带走了年轻人的渴望。炸弹毁坏了一切，甚至这个寂寞的生存中的微弱的希望。这样地逃出囚笼，这个少女是永远见不到园外的广大世界了。

花随着风摇头，好像在叹息。它们看不见那个熟习的窗前的面庞，一定感到寂寞而悲戚罢。

但是一座楼隔在它们和防空洞的中间，使它们看不见一个少女被窒息的惨剧，使它们看不见带泥的腿。这我却是看见了的。关于这我将怎样向人们诉说呢？

夜色降下来，园子渐渐地隐没在黑暗里。我的眼前只有一片黑暗。但是花摇头的姿态还是看得见的。周围没有别的人，寂寞的感觉突然侵袭到我的身上来。为什么这样静？为什么不出现一个人来听我愤慨地讲述那个少女的故事？难道我是在梦里？

脸颊上一点冷，一滴湿。我仰头看，落雨了。这不是梦。我不能长久立在大雨中。我应该回家了。那是刚刚被震坏的家，屋里到处都漏雨。

1941年8月16日在昆明

火

船上只有轻微的鼾声，挂在船篷里的小方灯，突然灭了。我坐起来，推开旁边的小窗，看见一线灰白色的光。我不知道现在是什么时候，船停在什么地方。我似乎还在梦中，那噩梦重重地压住我的头。一片红色在我的眼前。我把头伸到窗外，窗外静静地横着一江淡青色的水，远远地耸起一座一座墨汁绘就似的山影。我呆呆地望着水面。我的头在水中浮现了。起初是个黑影，后来又是一片亮红色掩盖了它。我擦了擦眼睛，我的头黑黑地映在水上。没有亮，似乎一切都睡熟了。天空显得很低。有几颗星特别明亮。水轻轻地在船底下流过去。我伸了一只手进水里，水是相当地凉。我把这周围望了许久。这些时候，眼前的景物仿佛连动也没有动过一下；只有空气逐渐变凉，只有偶尔亮起一股红光,但是等我定睛去捕捉红光时,我却只看到一堆沉睡的山影。

我把头伸回舱里,舱内是阴暗的,一阵一阵人的气息扑进鼻孔来。这气味像一只手在搔着我的胸膛。我向窗外吐了一口气,便把小窗关上。忽然我旁边那个朋友大声说起话来:"你看,那样大的火!"我吃惊地看那个朋友,我看不见什么。朋友仍然沉睡着,刚才动过一下,似乎在翻身,这时连一点声音也没有。

舱内是阴暗世界,没有亮,没有火。但是为什么朋友也嚷着"看火"呢?难道他也做了和我同样的梦?我想叫醒他问个明白,我把他的膀子推一下。他只哼一声却翻身向另一面睡了。睡在他旁边的友人不住地发出鼾声,鼾声不高,不急,仿佛睡得很好。

我觉得眼睛不舒服,眼皮似乎变重了,老是睁着眼也有点吃力,便向舱板倒下,打算阖眼睡去。我刚闭上眼睛,忽然听见那个朋友嚷出一个字"火"!我又吃一惊,屏住气息再往下听。他的嘴却又闭紧了。

我动着放在枕上的头向舱内各处细看,我的眼睛渐渐地和黑暗熟习了。我看出了几个影子,也分辨出铺盖和线毯的颜色。船尾悬挂的篮子在半空中随着船身微微晃动,仿佛一个穿白衣的人在那里窥探。舱里闷得很。鼾声渐渐地增高,被船篷罩住,冲不出去。好像全堆在舱里,把整个舱都塞满了，它们带着难闻的气味向着我压下，压得我透不过气来。我无法闭眼，也不能使自己的心安静。我要挣扎。我开始翻动身子，我不住地向左右翻身。没有用。我感到更难堪的窒息。

于是耳边又响起那个同样的声音"火"！我的眼前又亮起一片红光。那个朋友睡得沉沉的，并没有张嘴。这是我自己的声音。梦里的火光还在追逼我。我受不了。我马上推开被，逃到舱外去。

舱外睡着一个伙计，他似乎落在安静的睡眠中，我的脚声并不曾踏破他的梦。船浮在平静的水面上，水青白地发着微光，四周都是淡墨色的山，像屏风一般护着这一江水和两三只睡着的木船。

我靠了舱门站着。江水碰着船底，一直在低声私语。一阵一阵的风迎面吹过，船篷也轻轻地叫起来。我觉得呼吸畅快一点。但是跟着鼾声从舱里又送出来一个"火"字。

我打了一个冷噤，这又是我自己的声音，我自己梦中的"火"！

四年了，它追逼我四年了！

四年前上海沦陷的那一天，我曾经隔着河望过对岸的火景，我像在看燃烧的罗马城。房屋成了灰烬，生命遭受摧残，土地遭着蹂躏。在我的眼前沸腾着一片火海，我从没有见过这样大的火，火烧毁了一切：生命，心血，财富和希望。但这和我并不是漠不相关的。燃烧着的土地是我居住的地方；受难的人们是我的同胞，我的弟兄；被摧毁的是我的希望，我的理想。这一个民族的理想正受着熬煎。我望着漫天的红光，我觉得有一把刀割着我的心，我想起一位西方哲人的名言："这样的几分钟会激起十年的憎恨，一生的复仇。"[①]我咬紧牙齿在心里发誓：我们有一天一定要昂着头回到这个地方来。我们要在火场上辟出美丽的花园。我离开河岸时，一面在吞眼泪，我仿佛看见了火中新生的凤凰。

四年了。今晚在从阳朔回来的木船上我又做了那可怕的火的梦，在平静的江上重见了四年前上海的火景。四年来我没有一个时候忘记过那样的一天，也没有一个时候不想到昂头回来的日子。难道胜利的日子逼近了么？或者是我的热情开始消退，需要烈火来帮助它燃烧？朋友睡梦里念出的"火"字对我是一个警告，还是一个预言？……

我惶恐地回头看舱内，朋友们都在酣睡中，没有人给我一个答复。我刚把头掉转，忽然瞥见一个亮影子从我的头上飞过，向着前面那座马鞍似的山头飞走了。这正是火中的凤凰！

我的眼光追随着我脑中的幻影。我想着，我想到我们的

[①] 见亚·赫尔岑的《从彼岸来》第二篇《暴风雨后》。

苦难中的土地和人民,我不觉含着眼泪笑了。在这一瞬间似乎全个江,全个天空,和那无数的山头都亮起来了。

1941年9月22日从阳朔回来,在桂林写成。

灯

我半夜从噩梦中惊醒,感觉到窒闷,便起来到廊上去呼吸寒夜的空气。

夜是漆黑的一片,在我的脚下仿佛横着沉睡的大海,但是渐渐地像浪花似的浮起来灰白色的马路。然后夜的黑色逐渐减淡。哪里是山,哪里是房屋,哪里是菜园,我终于分辨出来了。

在右边,傍山建筑的几处平房里射出来几点灯光,它们给我扫淡了黑暗的颜色。

我望着这些灯,灯光带着昏黄色,似乎还在寒气的袭击中微微颤抖。有一两次我以为灯会灭了。但是一转眼昏黄色的光又在前面亮起来。这些深夜还燃着的灯,它们(似乎只有它们)默默地在散布一点点的光和热,不仅给我,而且还给那些寒夜里不能睡眠的人，和那些这时候还在黑暗中摸索的行路人。是的，那边不是起了一阵急促的脚步声吗？谁从城里走回乡下来了？过了一会儿，一个黑影在我眼前晃一下。影子走得极快，好像在跑，又像在溜，我了解这个人急忙赶回家去的心情。那么，我想，在这个人的眼里、心上，前面那些灯光会显得是更明亮、更温暖罢。

我自己也有过这样的经验。只有一点微弱的灯光，就是那一点仿佛随时都会被黑暗扑灭的灯光也可以鼓舞我多走一段长长的路。大片的飞雪飘打在我的脸上，我的皮鞋不时陷在泥泞的土路中，风几次要把我摔倒在污泥里。我似乎走进了一个迷阵，永远找不到出口，看不见路的尽头。但是我始终挺起身子向前迈步，因为我看见了一点豆大的灯光。灯光，不管是哪个人家的灯光，都可以给行人——甚至像我这样的一个异乡人——指路。

这已经是许多年前的事了。我的生活中有过了好些大的变化。现在我站在廊上望山脚的灯光，那灯光跟好些年前的灯光不是同样的么？我看不出一点分别！为什么？我现在不是安安静静地站在自己楼房前面的廊上么？我并没有在雨中摸夜路。但是看见灯光，我却忽然感到安慰，得到鼓舞。难道是我的心在黑夜里徘徊；它被噩梦引入了迷阵，到这时才找到归路？

我对自己的这个疑问不能够给一个确定的回答。但是我知道我的心渐渐地安定了，呼吸也畅快了许多。我应该感谢这些我不知道姓名的人家的灯光。

他们点灯不是为我，在他们的梦寐中也不会出现我的影子。但是我的心仍然得到了益处。我爱这样的灯光。几盏灯甚或一盏灯的微光固然不能照彻黑暗，可是它也会给寒夜里一些不眠的人带来一点勇气，一点温暖。

孤寂的海上的灯塔挽救了许多船只的沉没，任何航行的船只都可以得到那灯光的指引。哈里希岛上的姐姐为着弟弟点在窗前的长夜孤灯，虽然不曾唤回那个航海远去的弟弟，可是不少捕鱼归来的邻人都得到了它的帮助。

再回溯到远古的年代去。古希腊女教士希洛点燃的火炬照亮了每夜泅过海峡来的利安得尔的眼睛。有一个夜晚暴风雨把火炬弄灭了，让那个勇敢的情人溺死在海里。但是熊熊的火光至今还隐约地亮在我们的眼前，似乎那火炬并没有跟着殉情的古美人永沉海底。

这些光都不是为我燃着的，可是连我也分到了它们的一点点恩泽——一点光，一点热。光驱散了我心灵里的黑暗，热促成它的发育。一个朋友说："我们不是单靠吃米活着。"我自然也是如此。我的心常常在黑暗的海上飘浮，要不是得着灯光的指引，它有一天也会永沉海底。

我想起了另一位友人的故事：他怀着满心难治的伤痛和必死之心，投到江南的一条河里。到了水中，他听见一声叫喊("救人啊!"),看见一点灯光,模糊中他还听见一阵喧闹,以后便失去知觉。醒过来时他发觉自己躺在一个陌生人的家中,桌上一盏油灯,眼前几张诚恳、亲切的脸。"这人间毕竟还有温暖。"他感激地想着,从此他改变了生活态度。"绝望"没有了,"悲观"消失了,他成了一个热爱生命的积极的人。这已经是二三十年前的事了。我最近还见到这位朋友。那一点灯光居然鼓舞一个出门求死的人多活了这许多年,而且使他到现在还活得健壮。我没有跟他重谈起灯光的话。但是我想,那一点微光一定还在他的心灵中摇晃。

在这人间,灯光是不会灭的——我想着,想着,不觉对着山那边微笑了。

1942年2月在桂林

怀陆圣泉

六年前一个夏天的早晨我坐"怡生轮"去海防。圣泉赶到金利源码头来送行。开船时,他和我哥哥都立在岸上对我微笑。我对他们说,两年后再见。

我绝没有想到这就是我和圣泉的最后的一面。

我离开上海后第二年,在成都得到圣泉被捕的消息,那是从桂林传来的,后来又听说他已经出狱。但是我到了桂林才知道他入狱后下落不明。我各处打听,一直得不到确实消息。朋友们见面时,常常谈起圣泉,我们想念他,暗中祝他平安。有时在静夜,我们三四个友人对着一盏油灯围着一张破旧而有油垢的方桌寂寞地闲谈。桂林郊外的寒气从木板壁缝侵入。我们失去了热情。怀念和焦虑在折磨我们。我们的谈话变得没有生气了。我们便安慰自己:"等到抗战胜利了,圣泉就会回到我们中间来的。"

四年来我们就用这个希望来安慰自己的焦虑的心。时光在木板壁缩裂时发出的清脆响声(那是我们静夜中的音乐)中匆匆逝去。抗战终于胜利,我们几个朋友也终于回到上海。可是圣泉一直没有消息。他就这样令人不能相信地失踪了。

我不愿相信他已经死亡,所以我不想写纪念他的文章。一个像他那样爱憎分明而且敢爱敢恨的人不能死得这么简单。他有着那么强烈的爱,绝不能不留下一点踪迹。我们固然不能相信他活,但是我们也没有证据证明他死。只要希望未绝,我们愿意等待一生。

虽然他是一个视死如归的人,但他为什么必须死呢?他与其说是被捕,不如说是自首。日本人找不到他,他自己走到捕房去,准备跟那些人讲道理,辩是非。他有着强烈的正义感,他相信敌人也会在正义面前低头。据说他唯一的罪名就是他的口供强硬,他对敌人说,汪精卫是汉奸,大东亚战争必然失败。他可能为这几句真话送命。可是许多干地下工作的人都保全了生命,为什么敌人偏偏毒恨这个赤手空拳的书生,必欲置他于死地?有人揣测他受不了牢中苦楚,患病身亡。但他是一个身心两方面都健全的人,再大的磨炼他也必能忍受。

以上是议论,猜想,担心。而事实却是他那时和两个朋友守着书店（文化生活出版社），书店被抄去两卡车的书，他失去了踪迹。书店保全，他却不见了。

我和圣泉相知较晚。"一·二八"沪战后一年我在福建泉州看朋友，在一个私立中学里第一次看见他。可是我们没有谈过十句以上的话。他给我的印象，是一个沉默寡言的人。抗战前两年我参加了书店的编辑工作，第二年他也进来做一部分事情，我们才有了谈话的机会。抗战后，书店负责人相继离去，剩下我们三四个人维持这个小小的事业。我和他都去过内地，但都赶回来为书店做一点事情。共同的工作增加了友情，我们一天一天地相熟起来。在一年半的时间内，我们常常在书店见面。一个星期中至少有一次聚餐的机会，参加的人还有一位学生物学的朋友[①]。我们在书店的客厅里往往谈到夜深，后来忽然记起宵禁的时间快到了，我和那位生物学者才匆匆跑回家去。在那样的夜晚，从书店出来，马路上不用说是冷冷清清的。有时候等着我们的还是一个上海的寒夜，但我的心总是很暖和，我仿佛听完了一曲贝多芬的交响乐，因为我是和一个崇高的灵魂接触了。

我这种说法在那些不认识圣泉或者认识他而不深的人看来，一定是过分的夸张。圣泉生前貌不轩昂，语不惊人，服装简朴，不善交际，喜欢埋头做事，不求人知。他心地坦

[①] 即《蛋生人与人生蛋》等书的作者朱洗。

白，忠诚待人，不愿说好听的话，不肯做虚夸的事。他把朋友的意义解释得很严格，故交友不多。但是对他的朋友，他总是披肝沥胆地贡献出他的一切。他有写作的才能，却不肯轻易发表文章。他的散文和翻译得到了读书界的重视[1]，他却不愿登龙文坛。他只是一个谦虚的工作者。但这谦虚中自有他的骄傲。他不是"文豪"、"巨匠"，甚至他虽然真正为"抗"敌牺牲，也没有人尊他为烈士。他默默地活，默默地死（假定他已死去）。然而他并不白活，他确实做了一些事情，而且也有一些人得到他的好处。但是这一切和那喧嚣的尘世的荣誉怎么能联在一起呢？那些喜欢热闹，喜欢铺张，喜欢浮光的人自然不会了解他。

在我活着的四十几年中间，我认识了不少的人，好的和坏的，强的和弱的，能干的和低能的，真诚的和虚伪的，我可以举出许多许多。然而像圣泉这样有义气、无私心、为了朋友甚至可以交出自己生命、重视他人幸福甚于自己的人，我却见得不多。古圣贤所说"富贵不能淫，贫贱不能移，威武不能屈"，他可以当之无愧。

有了这样的朋友，我的生存才有了光彩，我的心才有了温暖。我们平日空谈理想，但和崇高的灵魂接触以后，我才

---

[1] 他用陆蠡的笔名出版了三本散文集《海星》、《竹刀》、《囚绿记》及三册翻译小说《罗亭》、《烟》（都是屠格涅夫的作品）和拉马丁的《葛莱齐拉》。

看见了理想的光辉。所以当我和圣泉在一起的时候,我常常充满快乐地想:"我不是孤独的。我还有值得骄傲的朋友。"我相信要是我有危难,他一定会不顾一切地给我援助。

我和他就是这样的朋友。我认识他的心灵,而且和它非常接近。我对人说我了解圣泉,我谈到他的刚直,他的侠义,他那优美的性格和黄金的心。然而要是有人向我问起他的生平,他的家世,甚至他的年龄,我却无法回答,唯一的原因是我不知道。我认识的只是他的人和心,此外便是他的文章。别的,他从未对我谈过,我也始终没有向他问起。胜利后回到上海,我才知道他台州的家里还有年老的双亲和他前妻留下的女儿。在上海我才见到他新婚的太太。听说他和她只过了一个半月的结婚生活。现在她已经空等了四年了。

朋友们登过报找寻他,又曾在各处打听他的下落。有一个时期,我们还梦想第二天早晨他提着一只箱子在外面叩门。又有一个时期我们等待一封不识者的来信,告诉我们圣泉死在何时,埋骨何处。又有一个时期我们盼望着他从太平洋某岛上集中营里,寄来信函,向我们报告他还健在。

但是,这一切都成了一场空,我们又白白地等了一年了。自然我们还得等待下去。难道真要我们等待一生么?

一个崇高的心灵就这样不留痕迹地消失了,这是可能的么?我常常这样问自己。

我知道,万一他还活着,万一他能看到我这篇短文,他一定会责备我："在中国有那么多的人在受苦，你们为什么只关心到我一个？"

是的，在我们中国每天有千千万万人死亡，许多家庭残破，生命像骨头似的被随意抛掷。一个读书人的死活更不会有人关心。然而就在这样的中国，也有人爱理想，爱正义，恨罪恶，恨权势，要是他们有一天读到圣泉的书，知道圣泉的为人，明白他的爱和恨，那么他们会爱他敬他，他们会跟着我们呼唤他，呼唤他回来，呼唤那个昙花一现的崇高的心灵重回人间。

1946年11月在上海

怀念萧珊
——随想录五

一

今天是萧珊逝世的六周年纪念日。六年前的光景还非常鲜明地出现在我的眼前。那一天我从火葬场回到家中,一切都是乱糟糟的,过了两三天我渐渐地安静下来了,一个人坐在书桌前,想写一篇纪念她的文章。在五十年前我就有了这样一种习惯:有感情无处倾吐时我经常求助于纸笔。可是一九七二年八月里那几天,我每天坐三四个小时望着面前摊开的稿纸,却写不出一句话。我痛苦地想,难道给关了几年的"牛棚",真的就变成"牛"了?头上仿佛压了一块大石头,思想好像冻结了一样。我索性放下笔,什么也不写了。

六年过去了。林彪、"四人帮"及其爪牙们的确把我搞得很"狼狈",但我还是活下来了,而且偏偏活得比较健康,脑子也并不糊涂,有时还可以写一两篇文章。最近我经常去火葬场,参加老朋友们的骨灰安放仪式。在大厅里,我想起许多事情。同样地奏着哀乐,我的思想却从挤满了人的大厅转到只有二三十个人的中厅里去了,我们正在用哭声向萧珊的遗体告别。我记起了《家》里面觉新说过的一句话:"好像珏死了,也是一个不祥的鬼。"四十七年前我写这句话的时候,怎么想得到我是在写自己!我没有流眼泪,可是我觉得有无数锋利的指甲在搔我的心。我站在死者遗体旁边,望着那张惨白色的脸,那两片咽下千言万语的嘴唇,我咬紧牙齿,在心里唤着死者的名字。我想,我比她大十三岁,为什么不让我先死?我想,这是多么不公平!她究竟犯了什么罪?她也给关进"牛棚",挂上"牛鬼蛇神"的小纸牌,还扫过马路。究竟为什么?理由很简单,她是我的妻子。她患了病,得不到治疗,也因为她是我的妻子。想尽办法一直到逝世前三个星期,靠开后门她才住进医院。但是癌细胞已经扩散,肠癌变成了肝癌。

她不想死,她要活,她愿意改造思想,她愿意看到社会主义建成。这个愿望总不能说是痴心妄想吧。她本来可以活下去,倘使她不是"黑老K"的"臭婆娘"。一句话,是我连累了她,是我害了她。

在我靠边的几年中间，我所受到的精神折磨她也同样受到。但是我并未挨过打，她却挨了"北京来的红卫兵"的铜头皮带，留在她左眼上的黑圈好几天以后才褪尽。她挨打只是为了保护我，她看见那些年轻人深夜闯进来，害怕他们把我揪走，便溜出大门，到对面派出所去，请民警同志出来干预。那里只有一个人值班，不敢管。当着民警的面，她被他们用铜头皮带狠狠抽了一下，给押了回来，同我一起关在马桶间里。

她不仅分担了我的痛苦，还给了我不少的安慰和鼓励。在"四害"横行的时候，我在原单位（中国作家协会上海分会）给人当作"罪人"和"贱民"看待，日子十分难过，有时到晚上九十点钟才能回家。我进了门看到她的面容，满脑子的乌云都消散了。我有什么委屈、牢骚，都可以向她尽情倾吐。有一个时期我和她每晚临睡前要服两粒眠尔通才能够闭眼，可是天刚刚发白就都醒了。我唤她，她也唤我。我诉苦般地说："日子难过啊！"她也用同样的声音回答："日子难过啊！"但是她马上加一句："要坚持下去。"或者再加一句："坚持就是胜利。"我说"日子难过"，因为在那一段时间里，我每天在"牛棚"里面劳动、学习、写交代、写检查、写思想汇报。任何人都可以责骂我、教训我、指挥我。从外地到"作协分会"来串连的人可以随意点名叫我出去"示众"，还要自报罪行。上下班不限时间，由管理"牛棚"

的"监督组"随意决定。任何人都可以闯进我家里来,高兴拿什么就拿走什么。这个时候大规模的群众性批斗和电视批斗大会还没有开始,但已经越来越逼近了。

她说"日子难过",因为她给两次揪到机关,靠边劳动,后来也常常参加陪斗。在淮海中路"大批判专栏"上张贴着批判我的罪行的大字报,我一家人的名字都给写出来"示众",不用说"臭婆娘"的大名占着显著的地位。这些文字像虫子一样咬痛她的心。她让上海戏剧学院"狂妄派"学生突然袭击、揪到"作协分会"去的时候,在我家大门上还贴了一张揭露她的所谓罪行的大字报。幸好当天夜里我儿子把它撕毁。否则这一张大字报就会要了她的命!

人们的白眼,人们的冷嘲热骂蚕蚀着她的身心。我看出来她的健康逐渐遭到损害。表面上的平静是虚假的。内心的痛苦像一锅煮沸的水,她怎么能遮盖住!怎么能使它平静!她不断地给我安慰,对我表示信任,替我感到不平。然而她看到我的问题一天天地变得严重,上面对我的压力一天天地增加,她又非常担心。有时同我一起上班或者下班,走近巨鹿路口,快到"作协分会",或者走近湖南路口,快到我们家,她总是抬不起头。我理解她,同情她,也非常担心她经受不起沉重的打击。我记得有一天到了平常下班的时间,我们没有受到留难,回到家里她比较高兴,到厨房去烧菜。我翻看当天的报纸,在第三版上看到当时做了"作协分会"的

"头头"的两个工人作家写的文章《彻底揭露巴金的反革命真面目》。真是当头一棒！我看了两三行，连忙把报纸藏起来，我害怕让她看见。她端着烧好的菜出来，脸上还带笑容，吃饭时她有说有笑。饭后她要看报，我企图把她的注意力引到别处。但是没有用，她找到了报纸。她的笑容一下子完全消失。这一夜她再没有讲话，早早地进了房间。我后来发现她躺在床上小声哭着。一个安静的夜晚给破坏了。今天回想当时的情景，她那张满是泪痕的脸还在我的眼前。我多么愿意让她的泪痕消失，笑容在她那憔悴的脸上重现，即使减少我几年的生命来换取我们家庭生活中一个宁静的夜晚，我也心甘情愿！

二

我听周信芳同志的媳妇说，周的夫人在逝世前经常被打手们拉出去当作皮球推来推去，打得遍体鳞伤。有人劝她躲开，她说："我躲开，他们就要这样对付周先生了。"萧珊并未受到这种新式体罚。可是她在精神上给别人当皮球打来打去。她也有这样的想法：她多受一点精神折磨，可以减轻对我的压力。其实这是她一片痴心，结果只苦了她自己。我看见她一天天地憔悴下去，我看见她的生命之火逐渐熄灭，我多么痛心。我劝她，安慰她，我想拉住她，一点也没有用。

她常常问我："你的问题什么时候才解决呢？"我苦笑地说："总有一天会解决的。"她叹口气说："我恐怕等不到那个时候了。"后来她病倒了，有人劝她打电话找我回家，她不知从哪里得来的消息，她说："他在写检查，不要打岔他。他的问题大概可以解决了。"等到我从"五七干校"回家休假，她已经不能起床。她还问我检查写得怎样，问题是否可以解决。我当时的确在写检查，而且已经写了好几次了。他们要我写，只是为了消耗我的生命。但她怎么能理解呢？

这时离她逝世不过两个多月，癌细胞已经扩散，可是我们不知道，想找医生给她认真检查一次，也毫无办法。平日去医院挂号看门诊，等了许久才见到医生或者实习医生，随便给开个药方就算解决问题。只有在发烧到三十九摄氏度才有资格挂急诊号，或者还可以在病人拥挤的观察室里待上一天半天。当时去医院看病找交通工具也很困难，常常是我女婿借了自行车来，让她坐在车上，他慢慢地推着走。有一次她雇到小三轮卡去看病，看好门诊回家雇不到车了，只好同陪她看病的朋友一起慢慢地走回来，走走停停，走到街口，她快要倒下了，只得请求行人到我们家通知。她一个表侄正好来探病，就由他去把她背了回家。她希望拍一张X光片子查一查肠子有什么病，但是办不到。后来靠了她一位亲戚帮忙开后门两次拍片，才查出她患肠癌。以后又靠朋友设法开后门住进了医院。她自己还很高兴，以为得救了。只有她一个人不知真实的病情，她在医院里只活了三个星期。

我休假回家假期满了，我又请过两次假，留在家里照料病人。最多也不到一个月。我看见她病情日趋严重，实在不愿意把她丢开不管，我要求延长假期的时候，我们那个单位的一个"工宣队"头头逼着我第二天就回干校去。我回到家里，她问起来，我无法隐瞒。她叹了一口气，说："你放心去吧。"她把脸掉过去，不让我看她。我女儿、女婿看到这种情景，自告奋勇跑到巨鹿路向那个"工宣队"头头解释，希望同意我在市区多留些日子照料病人。可是那个头头"执法如山"，还说：他不是医生，留在家里，有什么用！"留在家里对他改造不利！"他们气愤地回到家中，只说机关不同意，后来才对我传达了这句"名言"。我还能讲什么呢？明天回干校去！

整个晚上她睡不好，我更睡不好。出乎意外，第二天一早我那个插队落户的儿子在我们房间里出现了，他是昨天半夜里到的。他得到了家信，请假回家看母亲，却没有想到母亲病成这样。我见了他一面，把他母亲交给他，就回干校去了。

在车上我的情绪很不好。我实在想不通为什么会有这样的事情。我在干校待了五天，无法同家里通消息。我已经猜到她的病不轻了。可是人们不让我过问她的事情。这五天是多么难熬的日子！到第五天晚上在干校的造反派头头通知我们全体第二天一早回市区开会。这样我才又回到了家，见到我的爱人。靠了朋友帮忙，她可以住进中山医院肝癌病房，一切都准备好，她第二天就要住院了。她多么希望住院前见我一面，我终于回来了。连我也没有想到她的病情发展得这么快。我们见了面，我一句话也讲不出来。她说了一句："我到底住院了。"我答说："你安心治疗吧。"她父亲也来看她，老人家双目失明，去医院探病有困难，可能是来同他的女儿告别了。

我吃过中饭，就去参加给别人戴上反革命帽子的大会，受批判、戴帽子的人不止一个，在会场里我一直像在做怪梦。开完会回家，见到萧珊我感到格外亲切，仿佛重回人间。可是她不舒服，不想讲话，偶尔讲一句半句。我还记得她讲了两次："我看不到了。"我连声问她看不到什么。她后来才说："看不到你解放了。"我还能再讲什么呢？

我儿子在旁边，垂头丧气，精神不好，晚饭只吃了半碗，像是患感冒。她忽然指着他小声说："他怎么办呢？"他当时在安徽山区农村已经待了三年半，政治上没有人管，生活上不能养活自己，而且因为是我的儿子，给剥夺了好些公民权利。他先学会沉默，后来又学会抽烟。我怀着内疚的心情看看他。我后悔当初不该写小说，更不该生儿育女。我还记得前两年在痛苦难熬的时候她对我说："孩子们说爸爸做了坏事,害了我们大家。"这好像用刀子在割我身上的肉。我没有出声,我把泪水全吞在肚里。她睡了一觉醒过来忽然问我:"你明天不去了?"我说:"不去了。"就是那个"工宣队"头头今天通知我不用再去干校就留在市区。他还问我:"你知道萧珊是什么病?"我答说:"知道。"其实家里瞒住我,不给我知道真相,我还是从他这句问话里猜到的。

三

第二天早晨她动身去医院,一个朋友和我女儿、女婿陪她去。她穿好衣服等候车来。她显得急躁,又有些留恋,东张张西望望,她也许在想是不是能再看到这里的一切。我送走她,心上反而加了一块大石头。

将近二十天里,我每天去医院陪伴她大半天。我照料她,我坐在病床前守着她,同她短短地谈几句话。她的病情恶化,一天天衰弱下去,肚子却一天天大起来,行动越来越不方便。当时病房里没有人照料,生活方面除饮食外一切都必须自理。后来听同病房的人称赞她"坚强",说她每天早晚都默默地挣扎着下了床,走到厕所。医生对我们谈起,病人的身体经不住手术,最怕的是她的肠子堵塞,要是不堵塞,还可以拖延一个时期。她住院后的半个月是一九六六年八月以来我既感痛苦又感到幸福的一段时间,是我和她在一起度过的最后的平静的时刻，我今天还不能将它忘记。但是半个月以后，她的病情又有了发展，一天吃中饭的时候，医生通知我儿子找我去谈话。他告诉我：病人的肠子给堵住了，必须开刀。开刀不一定有把握，也许中途出毛病。但是不开刀，后果更不堪设想。他要我决定，并且要我劝她同意。我做了决定，就去病房对她解释。我讲完话，她只说了一句："看来，我们要分别了。"她望着我，眼睛里全是泪水。我说："不会的……"我的声音哑了。接着护士长来安慰她，对她说："我陪你，不要紧的。"她回答："你陪我就好。"时间很紧迫，医生、护士们很快做好了准备，她给送进手术室去了，是她的表侄把她推到手术室门口的。我们就在外面廊上等了好几个小时，等到她平安地给送出来，由儿子把她推回到病房去。儿子还在她的身边守过一个夜晚。过两天他也病倒了，查出来他患肝炎，是从安徽农村带回来的。本来我们想瞒住他的母亲，可是无意间让他母亲知道了。她不断地问："儿子怎么样？"我自己也不知道儿子怎么样，我怎么能使她放心呢？晚上回到家，走进空空的、静静的房间，我几乎要叫出声来："一切都朝我的头打下来吧，让所有的灾祸都来吧。我受得住！"

我应当感谢那位热心而又善良的护士长，她同情我的处境，要我把儿子的事情完全交给她办。她做好安排，陪他看病、检查，让他很快住进别处的隔离病房，得到及时的治疗和护理。他在隔离病房里苦苦地等候母亲病情的好转。母亲躺在病床上，只能有气无力地说几句短短的话，她经常问："棠棠怎么样？"从她那双含泪的眼睛里我明白她多么想看见她最爱的儿子。但是她已经没有精力多想了。

她每天给输血，打盐水针。她看见我去就断断续续地问我："输多少cc的血？该怎么办？"我安慰她："你只管放心。没有问题，治病要紧。"她不止一次地说："你辛苦了。"我有什么苦呢？我能够为我最亲爱的人做事情，哪怕做一件小事，我也高兴！后来她的身体更不行了。医生给她输氧气，鼻子里整天插着管子。她几次要求拿开，这说明她感到难受，但是听了我们的劝告，她终于忍受下去了。开刀以后她只活了五天。谁也想不到她会去得这么快！五天中间我整天守在病床前，默默地望着她在受苦（我是设身处地感觉到这样的），可是她除了两三次要求搬开床前巨大的氧气筒，三四次表示担心输血较多付不出医药费之外，并没有抱怨过什么。见到熟人她常有这样一种表情：请原谅我麻烦了你们。她非常安静，但并未昏睡，始终睁大两只眼睛。眼睛很大，很美，很亮。我望着，望着，好像在望快要燃尽的烛火。我多么想让这对眼睛永远亮下去！我多么害怕她离开我！我甚至愿意为我那十四卷"邪书"受到千刀万剐，只求她能安静地活下去。

不久前我重读梅林写的《马克思传》，书中引用了马克思给女儿的信里的一段话,讲到马克思夫人的死。信上说:"她很快就咽了气。……这个病具有一种逐渐虚脱的性质,就像由于衰老所致一样。甚至在最后几小时也没有临终的挣扎,而是慢慢地沉入睡乡。她的眼睛比任何时候都更大、更美、更亮!"这段话我记得很清楚。马克思夫人也死于癌症。我默默地望着萧珊那对很大、很美、很亮的眼睛,我想起这段话,稍微得到一点安慰。听说她的确也"没有临终的挣扎",也是"慢慢地沉入睡乡"。我这样说,因为她离开这个世界的时候,我不在她的身边。那天是星期天,卫生防疫站因为我们家发现了肝炎病人,派人上午来做消毒工作。她的表妹有空愿意到医院去照料她,讲好我们吃过中饭就去接替。没有想到我们刚刚端起饭碗,就得到传呼电话,通知我女儿去医院,说是她妈妈"不行"了。真是晴天霹雳!我和我女儿、女婿赶到医院。她那张病床上连床垫也给拿走了。别人告诉我她在太平间。我们又下了楼赶到那里,在门口遇见表妹。还是她找人帮忙把"咽了气"的病人抬进来的。死者还不曾给放进铁匣子里送进冷库,她躺在担架上,但已经给白布床单包得紧紧的,看不到面容了。我只看到她的名字。我弯下身子,把地上那个还有点人形的白布包拍了好几下,一面哭着唤她的名字。不过几分钟的时间。这算是什么告别呢?

据表妹说,她逝世的时刻,表妹也不知道。她曾经对表妹说:"找医生来。"医生来过,并没有什么。后来她就渐渐地"沉入睡乡"。表妹还以为她在睡眠。一个护士来打针,才发觉她的心脏已经停止跳动了。我没有能同她诀别,我有许多话没有能向她倾吐,她不能没有留下一句遗言就离开我!我后来常常想,她对表妹说:"找医生来。"很可能不是"找医生",是"找李先生"(她平日这样称呼我)。为什么那天上午偏偏我不在病房呢?家里人都不在她身边,她死得这样凄凉!

我女婿马上打电话给我们仅有的几个亲戚。她的弟媳赶到医院,马上晕了过去。三天以后在龙华火葬场举行告别仪式。她的朋友一个也没有来,因为一则我们没有通知,二则我是一个审查了将近七年的对象。没有悼词,没有吊客,只有一片伤心的哭声。我衷心感谢前来参加仪式的少数亲友和特地来帮忙的我女儿的两三个同学,最后,我跟她的遗体告别,女儿望着遗容哀哭,儿子在隔离病房还不知道把他当作命根子的妈妈已经死亡。值得提说的是她当作自己儿子照顾了好些年的一位亡友的男孩从北京赶来,只为了看见她的最后一面。这个整天同钢铁打交道的技术员,他的心倒不像钢铁那样。他得到电报以后,他爱人对他说:"你去吧,你不去一趟,你的心永远安定不了。"我在变了形的她的遗体旁边站了一会。别人给我和她照了相。我痛苦地想:这是最后一次了,即使给我们留下来很难看的形象,我也要珍视这个镜头。

一切都结束了。过了几天我和女儿、女婿到火葬场，领到了她的骨灰盒。在存放室寄存了三年之后，我按期把骨灰盒接回家里。有人劝我把她的骨灰安葬，我宁愿让骨灰盒放在我的寝室里，我感到她仍然和我在一起。

四

梦魇一般的日子终于过去了。六年仿佛一瞬间似的远远地落在后面了。其实哪里是一瞬间！这段时间里有多少流着血和泪的日子啊。不仅是六年，从我开始写这篇短文到现在又过去了半年，半年中我经常在火葬场的大厅里默哀，行礼，为了纪念给"四人帮"迫害致死的朋友。想到他们不能把个人的智慧和才华献给社会主义祖国，我万分惋惜。每次戴上黑纱、插上纸花的同时，我也想起我自己最亲爱的朋友，一个普通的文艺爱好者，一个成绩不大的翻译工作者，一个心地善良的人。她是我的生命的一部分，她的骨灰里有我的泪和血。

她是我的一个读者。一九三六年我在上海第一次同她见面。一九三八年和一九四一年我们两次在桂林像朋友似的住在一起。一九四四年我们在贵阳结婚。我认识她的时候，她还不到二十，对她的成长我应当负很大的责任。她读了我的小说，给我写信，后来见到了我，对我发生了感情。她在中学念书，看见我以前，因为参加学生运动被学校开除，回到家乡住了一个短时期，又出来进另一所学校。倘使不是为了我，她一九三七、一九三八年一定去了延安。她同我谈了八年的恋爱，后来到贵阳旅行结婚，只印发了一个通知，没有摆过一桌酒席。从贵阳我和她先后到了重庆，住在民国路文化生活出版社门市部楼梯下七八个平方米的小屋里。她托人买了四只玻璃杯开始组织我们的小家庭。她陪着我经历了各种艰苦生活。在抗日战争紧张的时期，我们一起在日军进城以前十多个小时逃离广州，我们从广东到广西，从昆明到桂林，从金华到温州，我们分散了，又重见，相见后又别离。在我那两册《旅途通讯》中就有一部分这种生活的记录。四十年前有一位朋友批评我："这算什么文章！"我的《文集》出版后，另一位朋友认为我不应当把它们也收进去。他们都有道理，两年来我对朋友、对读者讲过不止一次，我决定不让《文集》重版。但是为我自己，我要经常翻看那两小册《通讯》。在那些年代，每当我落在困苦的境地里、朋友们各奔前程的时候，她总是亲切地在我的耳边说："不要难过，我不会离开你，我在你的身边。"的确，只有在她最后一次进手术室之前她才说过这样一句："我们要分别了。"

我同她一起生活了三十多年。但是我并没有好好地帮助过她。她比我有才华，却缺乏刻苦钻研的精神。我很喜欢她翻译的普希金和屠格涅夫的小说。虽然译文并不恰当，也不是普希金和屠格涅夫的风格，它们却是有创造性的文学作品，阅读它们对我是一种享受。她想改变自己的生活，不愿做家庭妇女，却又缺少吃苦耐劳的勇气。她听一个朋友的劝告，得到后来也是给"四人帮"迫害致死的叶以群同志的同意，到《上海文学》"义务劳动"，也做了一点点工作，然而在运动中却受到批判，说她专门向老作家组稿，又说她是我派去的"坐探"。她为了改造思想，想走捷径，要求参加"四清"运动，找人推荐到某铜厂的工作组工作，工作相当忙碌、紧张，她却精神愉快。但是到我快要靠边的时候，她也被叫回"作协分会"参加运动。她第一次参加这种急风暴雨般的斗争，而且是以反动权威家属的身份参加，她不知道该怎么办才好。她张皇失措，坐立不安，替我担心，又为儿女的前途忧虑。她盼望什么人向她伸出援助的手，可是朋友们离开了她，"同事们"拿她当作箭靶，还有人想通过整她来整我。她不是"作协分会"或者刊物的正式工作人员，可是仍然被"勒令"靠边劳动、站队挂牌，放回家以后，又给揪到机关。过一个时期，她写了认罪的检查、第二次给放回家的时候，我们机关的造反派头头却通知里弄委员会罚她扫街。她怕人看见，每天大清早起来，拿着扫帚出门，扫得精疲力竭，才回到家里，关上大门，吐了一口气。但有时她还碰到上学去的小孩，对她叫骂"巴金的臭婆娘"。我偶尔看见她拿着扫帚回来,不敢正眼看她,我感到负罪的心情,这是对她的一个致命的打击。不到两个月,她病倒了,以后就没有再出去扫街(我妹妹继续扫了一个时期),但是也没有完全恢复健康。尽管她还继续拖了四年,但一直到死她并不曾看到我恢复自由。这就是她的最后,然而绝不是她的结局。她的结局将和我的结局连在一起。

我绝不悲观。我要争取多活。我要为我们社会主义祖国工作到生命的最后一息。在我丧失工作能力的时候,我希望病榻上有萧珊翻译的那几本小说。等到我永远闭上眼睛,就让我的骨灰同她的掺和在一起。

1979年1月16日写完

把心交给读者

——随想录十

前两天黄裳来访,问起我的《随想录》。他似乎担心我会中途搁笔。我把写好的两节给他看;我还说:"我要继续写下去。我把它当作我的遗嘱写。"他听到"遗嘱"二字,觉得不大吉利,以为我有什么悲观思想或者什么古怪的打算,连忙带笑安慰我说:"不会的,不会的。"看得出他有点感伤,我便向他解释:我还要争取写到八十,争取写出不是一本,而是几本《随想录》,我要把我的真实的思想,还有我心里的话,遗留给我的读者。我写了五十多年,我的确写过不少不好的书,但也写了一些值得一读或半读的作品吧,它们能够存在下去,应当感谢读者们的宽容。我回顾五十年来所走过的路,今天我对读者仍然充满感激之情。

可以说，我和读者已经有了五十多年的交情。倘使关于我的写作或者文学方面的事情，我有什么最后的话要讲，那就是对读者讲的。早讲迟讲都是一样，那么还是早讲吧。

我的第一篇小说（中篇或长篇小说《灭亡》）发表在一九二九年出版的《小说月报》上，从一月号起共连载四期。小说的单行本在这年年底出版。我什么时候开始接到读者来信？我现在答不出来。我记得一九三一年我写过短篇小说《光明》，描写一个青年作家经常接到读者来信，因无法解答读者的问题而感到苦恼。小说里有这样一段话：

"桌上那一堆信函默默地躺在那里，它们苦恼地望着他，每一封信都有一段悲痛的故事要告诉他。"

这难道不就是我自己的苦恼？那个年轻的小说家不就是我？

一九三五年八月我从日本回来，在上海为文化生活出版社编辑了几种丛书，这以后读者的来信又多起来了。这两三年中间我几乎对每一封信都作了答复。有几位读者一直同我保持联系，成为我的老友。我的爱人也是我的一位早期的读者。她读了我的小说对我发生了兴趣，我同她见面多了对她有了感情。我们认识好几年才结婚，一生不曾争吵过一次。我在一九三六、三七年中间写过不少答复读者的公开信，有一封信就是写给她的。这些信后来给编成了一本叫作《短简》的小书。

那个时候,我光身一个,生活简单,身体好,时间多,写得不少,也有足够的时间和精力回答读者寄来的每一封信。后来,特别是解放以后,我的事情多起来,而且经常外出,只好委托萧珊代为处理读者的来信和来稿。我虽然深感抱歉,但也无可奈何。

我说抱歉,也并非假意。我想起一件事情。那是在一九四〇年年尾,我从重庆到江安,在曹禺家住了一个星期左右。曹禺在戏剧专科学校教书。江安是一个安静的小城,外面有什么人来,住在哪里,一下子大家都知道了。我刚刚住了两天,就接到中学校一部分学生送来的信,请我去讲话。我写了一封回信寄去,说我不善于讲话,而且也不知道讲什么好,因此我不到学校去了。不过我感谢他们对我的信任,我会经常想到他们,青年是中国的希望,他们的期望就是对我的鞭策。我说,像我这样一位小说家算得了什么,如果我的作品不能给他们带来温暖,不能支持他们前进。我说,我没有资格做他们的老师,我却很愿意做他们的朋友,在他们面前我实在没有什么可以骄傲的地方。当他们在旧社会的荆棘丛中,泥泞路上步履艰难的时候,倘使我的作品能够做一根拐杖或一根竹竿给他们用来加一点力,那我就很满意了。信的原文我记不准确了,但大意是不会错的。

信送了出去,听说学生们把信张贴了出来。不到两三天,省里的督学下来视察,在那个学校里看到我的信,他说:"什么'青年是中国的希望'!什么'你们的期望就是对我的鞭策'!什么'在你们面前我没有可以骄傲的地方'!这是瞎捧,是诱惑青年,把它给我撕掉!"信给撕掉了,不过也就到此为止,很可能他回到省城还打过小报告,但是并没有制造出大冤案。因此我活了下来,多写了二十多年的文章,当然已经扣除了徐某某禁止我写作的十年。①

话又说回来,我在信里表达的是我的真实的感情。我的确是把读者的期望当作对我的鞭策。如果不是想对我生活在其中的社会贡献一点力量,如果不是想对和我同时代的人表示一点友好的感情,如果不是想尽我作为一个中国人所应尽的一份责任,我为什么要写作?但愿望是一回事,认识又是一回事;实践是一回事,效果又是一回事。绝不能由我自己一个人说了算。离开了读者,我能够做什么呢?我怎么知道我做对了或者做错了呢?我的作品是不是和读者的期望符合呢?是不是对我们社会的进步有贡献呢?只有读者才有发言权。我自己也必须尊重他们的意见。倘使我的作品对读者起了毒害的作用,读者就会把它们扔进垃圾箱,我自己也只好停止写作。所以我想说,没有读者,就不会有我的今天。我

---

① 徐某某可能表示"抗议"说:"我上面还有'长官',我按照他们的指示办事。我也只是讲讲话,骂骂人。执行的是别人,是我下面的那些人。他们按照我的心思办事。"总之,这一伙人中间的任何一个都是四十年代的督学所望尘莫及的。

也想说，读者的信就是我的养料。当然我指的不是个别的读者，是读者的大多数。而且我也不是说我听从读者的每一句话，回答每一封信。我只是想说，我常常根据读者的来信检查自己写作的效果，检查自己作品的作用。我常常这样地检查，也常常这样地责备自己，我过去的写作生活常常是充满痛苦的。

解放前，尤其是抗战以前，读者来信谈的总是国家、民族的前途和个人的苦闷以及为这个前途献身的愿望或决心。没有能给他们具体的回答，我常常感到痛苦。我只能这样地鼓励他们：旧的要灭亡，新的要壮大；旧社会要完蛋，新社会要到来；光明要把黑暗驱逐干净。在回信里我并没有给他们指出明确的路。但是和我的某些小说不同，在信里我至少指出了方向，并不含糊的方向。对读者我是不会使用花言巧语的。我写给江安中学学生的那封信常常在我的回忆中出现。我至今还想起我在三十年代中会见的那些年轻读者的面貌，那么善良的表情，那么激动的声音，那么恳切的言辞！我在三十年代和四十年代初期见过不少这样的读者，我同他们交谈起来，就好像看到了他们的火热的心。一九三八年二月我在小说《春》的序言里说："我常常想念那无数纯洁的年轻的心灵，以后我也不能把他们忘记……"我当时是流着眼泪写这句话的。序言里接下去的一句是"我不配做他们的朋友"，这说明我多么愿意做他们的朋友啊！我后来在江安给中学生写回信时，在我心中激荡的也是这种感情。我是把心交给了读者的。

在三十年代和四十年代中很少有人写信问我什么是写作的秘诀。从五十年代起提出这个问题的读者就多起来了。我答不出来，因为我不知道。但现在我可以回答了：把心交给读者。我最初拿起笔，是这样想法，今天在五十二年之后我还是这样想。我不是为了做作家才拿起笔写小说的。

我一九二七年春天开始在巴黎写小说，我住在拉丁区，我的住处离先贤祠（国葬院）不远，先贤祠旁边那一段路非常清静。我经常走过先贤祠门前，那里有两座铜像：卢骚和伏尔泰。在这两个法国启蒙时期的思想家，这两个伟大的作家中，我对"梦想消灭不平等和压迫"的"日内瓦公民"的印象较深，我走过像前常常对着铜像申诉我这个异乡人的寂寞和痛苦，对伏尔泰我所知较少，但是他为卡拉斯老人的冤案、为西尔文的冤案、为拉·巴尔的冤案、为拉里-托伦达尔的冤案奋斗，终于平反了冤狱，使惨死者恢复名誉，幸存者免于刑戮，像这样维护真理、维护正义的行为我是知道的，我是钦佩的。还有两位伟大的作家葬在先贤祠内，他们是雨果和左拉。左拉为德莱斐斯上尉的冤案斗争，冒着生命危险替受害人辩护，终于推倒诬陷不实的判决，让人间地狱中的含冤者重见光明。

这是我当年从法国作家那里受到的教育。虽然我"学而不用",但是今天回想起来,我还不能不感激老师,在"四害"横行的时候,我没有出卖灵魂,还是靠着我过去受到的教育,这教育来自生活,来自朋友,来自书本,也来自老师,还有来自读者。至于法国作家给我的"教育"是不是"干预生活"呢?"作家干预生活"曾经被批判为右派言论,有少数人因此二十年抬不起头。我不曾提倡过"作家干预生活",因为那一阵子我还没有时间考虑。但是我给关进"牛棚"以后,看见有些熟人在大字报上揭露"巴金的反革命真面目",我朝夕盼望有一两位作家出来"干预生活",替我雪冤。我在梦里好像见到了伏尔泰和左拉,但梦醒以后更加感到空虚,明知伏尔泰和左拉要是生活在一九六七年的上海,他们也只好在"牛棚"里摇头叹气。这样说,原来我也是主张"干预生活"的。

左拉死后改葬在先贤祠,我看主要原因还是在于他对平反德莱斐斯冤狱的贡献,人们说他"挽救了法兰西的荣誉"。至今不见有人把他从先贤祠里搬出来。那么法国读者也是赞成作家"干预生活"的了。

最后我还得在这里说明一件事情,否则我就成了"两面派"了。

这一年多来,特别是近四五个月来,读者的来信越来越多,好像从各条渠道流进一个蓄水池,在我手边汇总。对这么一大堆信,我看也来不及看。我要搞翻译,要写文章,要写长篇,又要整理旧作,还要为一些人办一些事情,还有社会活动,还有外事工作,还要读书看报。总之,杂事多,工作不少。我是"单干户",无法找人帮忙,反正只有几年时间,对付过去就行了。何况记忆力衰退,读者来信看后一放就忘,有时找起来就很困难。因此对来信能回答的不多。并非我对读者的态度有所改变,只是人衰老,心有余而力不足。倘使健康情况能有好转,我也愿意多为读者做些事情。但是目前我只有向读者们表示歉意。不过有一点读者们可以相信,你们永远在我的想念中。我无时无刻不祝愿我的广大读者有着更加美好、更加广阔的前途,我要为这个前途献出我最后的力量。

可能以后还会有读者来信问起写作的秘诀,以为我藏有万能钥匙。其实我已经在前面交了底。倘使真有所谓秘诀的话,那也只是这样的一句:把心交给读者。

1979年2月2日

怀念老舍同志
——随想录卅四

我在悼念中岛健藏先生的文章里提到一九七七年九月二日虹桥机场送别的事。那天上午离沪返国的，除了中岛夫妇外，还有井上靖先生和其他几位日本朋友。前一天晚上我拿到中岛、井上两位赠送的书，回到家里，十一点半上床，睡不着，翻了翻井上先生的集子《桃李记》，里面有一篇《壶》，讲到中日两位作家（老舍和广津和郎）的事情，我躺在床上读了一遍，眼前老是出现那两位熟人的面影，都是那么善良的人，尤其是老舍，他那极不公道的遭遇，他那极其悲惨的结局，我一个晚上都梦见他，他不停地说："告诉朋友们，我没有问题。"总之，我睡得不好。第二天一早我到了宾馆陪中岛先生和夫人去机场。在机场贵宾室里我拉着一位年轻译员找井上先生谈了几句，我告诉他读了他的《壶》。文章里转述了老舍先生讲过的《壶》的故事，①我说这样的故事我也听人讲过，只是我听到的故事结尾不同。别人对我讲的"壶"是福建人沏茶用的小茶壶。乞丐并没有摔破它，他和富翁共同占有这只壶，每天一起用它沏茶，一直到死。我说，老舍富于幽默感，所以他讲了另外一种结尾。我不知道老舍是怎样死的，但是我不相信他会抱着壶跳楼。他也不会把壶摔碎，他要把美好的珍品留在人间。

那天我们在贵宾室停留的时间很短，年轻的中国译员没有读过《壶》，不了解井上先生文章里讲些什么，无法传达我的心意。井上先生这样地回答我："我是说老舍先生抱着壶跳楼的。"意思可能是老舍无意摔破壶。可是原文的最后一句明明是"壶碎人亡"，壶还是给摔破了。

有人来通知客人上飞机，我们的交谈无法继续下去，但

---

① 下面抄一段井上的原文（吴树文译）："老舍讲的故事，内容是这样的：很久以前，中国有一个富翁，他收藏有许多古董珍品。后来他在事业上失败了，于是把收藏的古董一件件变卖，最后富翁终于落魄成为讨饭的乞丐，然而即使成了乞丐，有一只壶，他是怎么也不肯割爱的，他带着这只壶到处流浪。当时，另外有一个富翁知道了这件事，他千方百计想要获得这只壶。富翁出了很高的价钱想把壶买到手，虽经几次交涉，乞丐却坚决不脱手。就这样过了好几年，乞丐已经老态龙钟，连走路都十分困难了。富翁便给乞丐房子住，给乞丐饭吃，暗中等着乞丐死去。没多久，乞丐衰老至极，病死了。富翁高兴极了，觉得盼望已久的这一天终于来临。可是谁知道，乞丐在咽气之前，把这只壶掷到院子里，摔得粉身碎骨。"

井上先生的激动表情给我留下深刻的印象，他告诉同行的佐藤女士："巴金先生读过《壶》了。"我当时并不理解为什么井上先生如此郑重地对佐藤女士讲话，把我读他的文章看作一件大事。然而后来我明白了，我读了水上勉先生的散文《蟋蟀罐》（1967年）和开高健先生的得奖小说《玉碎》（1979年）。日本朋友和日本作家似乎比我们更重视老舍同志的悲剧的死亡，他们似乎比我们更痛惜这个巨大的损失。在国内看到怀念老舍的文章还是近两年的事。井上先生的散文写于一九七〇年十二月，那个时候老舍同志的亡灵还作为反动权威受到批斗。为老舍同志雪冤平反的骨灰安放仪式一直拖到一九七八年六月才举行，而且骨灰盒里也没有骨灰。甚至在一九七七年上半年还不见谁出来公开替死者鸣冤叫屈。我最初听到老舍同志的噩耗是在一九六六年年底，那是造反派为了威胁我们讲出来的，当时他们含糊其辞，也只能算作"小道消息"吧。以后还听见两三次，都是通过"小道"传来的，内容互相冲突，传话人自己讲不清楚，而且也不敢负责。只有在虹桥机场送别的前一两天，在衡山宾馆里，从中岛健藏先生的口中，我才第一次正式听见老舍同志的死讯，他说是中日友协的一位负责人在坦率的交谈中讲出来的。但这一次也只是解决了"死"的问题，至于怎样死法和当时的情况中岛先生并不知道。我想我将来去北京开会，总可以问个明白。听见中岛先生提到老舍同志名字的时候，我想起了一九六六年七月十日在人民大会堂同老舍见面的情景，那个上午北京市人民在人民大会堂举行支援越南人民抗美斗争的大会，我和老舍，还有中岛，都参加了大会的主席团，有些细节我已在散文《最后的时刻》中描写过了，例如老舍同志用敬爱的眼光望着周总理和陈老总，充满感情地谈起他们。那天我到达人民大会堂（不是四川厅就是湖南厅），老舍已经坐在那里同当时的北京市副市长王昆仑在谈话。看见老舍我感到意外，我到京出席亚非作家紧急会议一个多月，没有听见人提到老舍的名字，我猜想他可能出了什么事，很替他担心，现在坐在他的身旁，听他说："请告诉朋友们，我没有问题……"我真是万分高兴。过一会中岛先生也来了，看见老舍便亲切地握手，寒暄。中岛先生的眼睛突然发亮，那种意外的喜悦连在旁边的我也能体会到。我的确看到了一种衷心愉快的表情。这是中岛先生最后一次看见老舍，也是我最后一次同老舍见面，我哪里想得到一个多月以后将在北京发生的惨剧！否则我一定拉着老舍谈一个整天，劝他避开，让他在精神上有所准备。但有什么办法使他不会受骗呢？我自己后来不也是老老实实地走进"牛棚"去吗？这一切中岛先生是比较清楚的。我在一九六六年六月同他接触，就知道他有所预感，他看见我健康地活着感到意外地高兴，他意外地看见老舍活得健康，更加高兴。他的确比许多人更关心我们。我当时就感觉到他在替我们担心：什么时候会大难临头。他比我们更清醒。

可惜我没有机会同日本朋友继续谈论老舍同志的事情。他们是热爱老舍的，他们尊重这位有才华、有良心的正直、善良的作家。在他们的心上、在他们的笔下他至今仍然活着。四个多月前我第二次在虹桥机场送别井上先生，我没有再提"壶碎"的问题。我上次说老舍同志一定会把壶留下，因为他热爱祖国、热爱人民，他虽然含恨死去，却留下许多美好的东西在人间，那就是他那些不朽的作品，我单单提两三个名字就够了：《月牙儿》、《骆驼祥子》和《茶馆》。在这一点上，井上先生同我大概是一致的。

今年上半年我又看了一次《茶馆》的演出，太好了！作者那样熟悉旧社会，那样熟悉旧北京人。这是真实的生活。短短两三个钟头里，我重温了五十年的旧梦。在戏快要闭幕的时候，那三个老头儿（王老板、常四爷和秦二爷）在一起最后一次话旧，含着眼泪打哈哈，"给自己预备下点纸钱"，"祭奠祭奠自己"。我一直流着泪水，好些年没有看到这样的好戏了。这难道仅仅是在为旧社会唱挽歌吗？我觉得有人拿着扫帚在清除我心灵中的垃圾。坦率地说，我们谁的心灵中没有封建的尘埃呢？

我出了剧场脑子里还印着常四爷的一句话："我爱咱们的国呀，可是谁爱我呢？"完全没有想到，一个熟悉的声音在追逐我。我听见了老舍同志的声音，是他在发问。这是他的遗言。我怎样回答呢？我曾经对方殷同志讲过："老舍死去，使我们活着的人惭愧……"这是我的真心话。我们不能保护一个老舍，怎样向后人交代呢？没有把老舍的死弄清楚，我们怎样向后人交代呢？一九七七年九月二日井上先生在机场上告诉同行的人我读过他的《壶》，他是在向我表示他的期望：对老舍的死不能无动于衷！但是两年过去了，我究竟做了什么事情呢？我不能不感到惭愧。重读井上靖先生的文章、水上勉先生的回忆、开高健先生的短篇小说，我也不能不责备自己。老舍是我三十年代结识的老友。他在临死前一个多月对我讲过："请告诉朋友们，我没有问题……"我做过什么事情，写过什么文章来洗刷涂在这个光辉的（是的，真正是光辉的）名字上的浊水污泥呢？

看过《茶馆》半年了，我仍然忘不了那句台词："我爱咱们的国呀，可是谁爱我呢？"老舍同志是伟大的爱国者。全国解放后，他从海外回来参加祖国社会主义建设事业，他是写作最勤奋的劳动模范，他是热烈歌颂新中国的最大的"歌德派"，一九五七年他写出他最好的作品《茶馆》。他是用艺术为政治服务最有成绩的作家。他参加各项社会活动和外事活动，可以说是把整个生命和全部精力都贡献给了祖国。他没有一点私心。甚至在红卫兵上了街、危机四伏、杀气腾腾的时候，他还拿着事先准备好的发言稿，到北京市文联开会，想以市文联主席的身份发动大家积极参加"文化大革命"，但是就在那里，他受到拳打脚踢，加上人身侮辱，自己成了"文化大革命"专政的对象。老舍夫人回忆说："我永远忘不了我自己怎样在深夜用棉花蘸着清水一点一点地替自己的亲人洗清头上、身上的斑斑血迹，不明白是哪里出了问题，不明白为什么会闹成这个样子……"

我仿佛看见满头血污包着一块白绸子的老人一声不响地躺在那里。他有多少思想在翻腾，有多少话要倾吐，他不能就这样撒手而去，他还有多少美好的东西要留下来啊！但是过了一天他就躺在太平湖的西岸，身上盖了一床破席。没有能把自己心灵中的宝贝完全贡献出来，老舍同志带着多大的遗憾闭上眼睛，这是我们想象得到的。

"为什么会闹成这个样子？"去年六月三日我在北京八宝山公墓礼堂参加老舍同志的骨灰安放仪式，低头默哀的时候，我想起了胡絜青同志的那句问话。为什么呢？从主持骨灰安放仪式的人起一直到我，大家都知道，当然也能够回答。但是已经太迟了。老舍同志离开他所热爱的新社会已经十二年了。

一年又过去了。那天我离开八宝山公墓的时候，我忽然想起一位外籍华人、一位知名的女作家的谈话，她说："中国的知识分子是很了不起的，他们是忠诚的爱国者。西方的知识分子如果受到'四人帮'时代的那些待遇，那些迫害，他们早就跑光了。可是中国的知识分子，不管你给他们准备什么条件，他们能工作时就工作。"这位女士脚迹遍天下，见闻广，她不会信口开河。老舍同志是中国知识分子最好的典型，没有能挽救他，我的确感到惭愧，也替我们那一代人感到惭愧。但我们是不是从这位伟大作家的惨死中找到什么教训呢？他的骨灰虽然不知道给抛撒到了什么地方，可是他的著作流传全世界，通过他的口叫出来的中国知识分子的心声请大家侧耳倾听吧："我爱咱们的国呀，可是谁爱我呢？"

请多一点关心他们吧，请多一点爱他们吧，不要挨到太迟了的时候。

话又说回来，虽然到今天我还没有弄明白，老舍同志的结局是自杀还是被杀，是含恨投湖还是受迫害致死，但有一点是可以肯定的：人亡壶全，他把最美好的东西留下来了。最近我在北京出席第四次全国文代会，没有看见老舍同志我感到十分寂寞。有一位好心人对我说："不要纠缠在过去吧，要向前看，往前跑啊！"我感谢他的劝告，我也愿意听从他的劝告。但是我没有办法使自己赶快变成《未来世界》中的"三百型机器人"，那种机器人除了朝前走外，什么都看不见。很可惜，"四人帮"开动了他们的全部机器改造我十年，却始终不曾把我改造成机器人。过去的事我偏偏记得很牢。

老舍同志在世的时候，我每次到北京开会，总要去看他，谈了一会，他照例说："我们出去吃个小馆吧。"他们夫妇便带我到东安市场里一家他们熟悉的饭馆,边吃边谈,愉快地过一两个钟头。我不相信鬼,我也不相信神,但我却希望真有一个所谓"阴间",在那里我可以看到许多我所爱的人。倘使我有一天真的见到了老舍,他约我去吃小馆,向我问起一些情况,我怎么回答他呢?……我想起了他那句"遗言":"我爱咱们的国呀,可是谁来爱我呢?"我会紧紧捏住他的手,对他说:"我们都爱你,没有人会忘记你,你要在中国人民中间永远地活下去!"

1979年12月15日

怀念从文

一

今年五月十日从文离开人世，我得到他夫人张兆和的电报后想起许多事情，总觉得他还同我在一起，或者聊天，或者辩论，他那温和的笑容一直在我眼前，隔一天我才发出回电："病中惊悉从文逝世，十分悲痛。文艺界失去一位杰出的作家，我失去一位正直善良的朋友，他留下的精神财富不会消失。我们三十、四十年代相聚的情景还历历在目。小林因事赴京，她将代我在亡友灵前敬献花圈，表达我感激之情。我永远忘不了你们一家。请保重。"都是些极普通的话。没有一滴眼泪，悲痛却在我的心里，我也在埋葬自己的一部分。那些充满信心的欢聚的日子，那些奋笔和辩论的日子都不会回来了。这些年我们先后遭逢了不同的灾祸，在泥泞中挣扎，他改了行，在长时间的沉默中，取得了卓越的成就。我东奔西跑，唯唯诺诺，羡慕枝头欢叫的喜鹊，只想早日走尽自我改造的道路，得到的却是十年一梦，床头多了一盒骨灰，现在大梦初醒，却仿佛用尽全身力气，不得不躺倒休息，白白地望着远方灯火，我仍然想奔赴光明，奔赴希望。我还想求助于一些朋友，从文也是其中的一位，我真想有机会同他畅谈。这个时候突然得到他逝世的噩耗，我才明白过去那一段生活已经和亡友一起远去了，我的唁电表达的就是一个老友的真实感情。

一连几天我翻看上海和北京的报纸，我很想知道一点从文最后的情况。可是日报上我找不到这个敬爱的名字。后来才读到新华社郭玲春同志简短的报道，提到女儿小林代我献的花篮，我认识郭玲春，却不理解她为什么这样吝惜自己的笔墨，难道不知道这位热爱人民的善良作家的最后牵动着全世界多少读者的心?! 可是连这短短的报道多数报刊也没有采用。小道消息开始在知识界中间流传。这个人究竟是好是病，是死是活，他不可能像轻烟散去，未必我得到噩耗是在梦中?! 一个来探病的朋友批评我: "你错怪了郭玲春，她的报道没有受到重视，可能因为领导不曾表态，人们不知道用什么规格发表讣告，刊载消息。不然大陆以外的华文报纸刊出不少悼念文章，惋惜中国文坛巨大的损失，而我们的编辑怎么能安心酣睡，仿佛不曾发生任何事情?!"

我并不信服这样的论断，可是对我谈论规格学的熟人不止他一个，我必须寻找论据答复他们。这个时候小林回来了，她告诉我她从未参加过这样感动人的告别仪式，她说没有达官贵人，告别的只是些亲朋好友，厅子里播放死者生前喜爱的乐曲。老人躺在那里，十分平静，仿佛在沉睡，四周几篮鲜花，几盆绿树，每个人手中拿一朵月季，走到老人跟前，行了礼，将花放在他身边过去了。没有哭泣，没有呼唤，也没有噪音惊醒他，人们就这样平静地跟他告别，他就这样坦然地远去。小林说不出这是一种什么规格的告别仪式，她只感觉到庄严和真诚。我说正是这样，他走得没有牵挂、没有遗憾，从容地消失在鲜花和绿树丛中。

二

一百多天过去了。我一直在想从文的事情。

我和从文见面是在一九三二年。那时我住在环龙路我舅父家中。南京《创作月刊》的主编汪曼铎来上海组稿，一天中午请我在一家俄国西菜社吃中饭，除了我还有一位客人，就是从青岛来的沈从文。我去法国之前读过他的小说，一九二八年下半年在巴黎我几次听见胡愈之称赞他的文章，他已经发表了不少的作品。我平日讲话不多，又不善于应酬，这次我们见面谈了些什么，我现在毫无印象，只记得谈得很融洽。他住在西藏路上的一品香旅社，我同他去那里坐了一会儿，他身边有一部短篇小说集的手稿，想找个出版的地方，也需要用它换点稿费。我陪他到闸北新中国书局，见到了我认识的那位出版家，稿子卖出去了，书局马上付了稿费，小说过四五个月印了出来，就是那本《虎雏》。他当天晚上去南京，我同他在书局门口分手时，他要我到青岛去玩，说是可以住在学校的宿舍里。我本来要去北平，就推迟了行期，九月初先去青岛，只是在动身前写封短信通知他。我在他那里过得很愉快，我随便，他也随便，好像我们有几十年的交往一样。他的妹妹在山东大学念书，有时也和我们一起出去走走看看。他对妹妹很友爱，很体贴，我早就听说，他是自学出身，因此很想在妹妹的教育上多下功夫，希望她熟悉他自己想知道却并不很了解的一些知识和事情。

  在青岛他把他那间屋子让给我，我可以安静地写文章、写信，也可以毫无拘束地在樱花林中散步。他有空就来找我，我们有话就交谈，无话便沉默。他比我讲得多些，他听说我不喜欢在公开场合讲话，便告诉我他第一次在大学讲课，课堂里坐满了学生，他走上讲台，那么多年轻的眼睛望着他，他红着脸，一句话也讲不出来，只好在黑板上写了五个字"请等五分钟"。他就是这样开始教课的。他还告诉我在这之前他每个月要卖一部稿子养家，徐志摩常常给他帮忙,后来,他写多了,卖稿有困难,徐志摩便介绍他到大学教书,起初到上海中国公学,以后才到青岛大学。当时青大的校长是小说《玉君》的作者杨振声,后来他到北平工作,还是和从文在一起。

在青岛我住了一个星期。离开的时候他知道我要去北平,就给我写了两个人的地址,他说,到北平可以去看这两个朋友,不用介绍,只提他的名字,他们就会接待我。

在北平我认识的人不多。我也去看望了从文介绍的两个人,一位姓程,一位姓夏。一位在城里工作,业务搞点翻译;一位在燕京大学教书。一年后我再到北平,还去燕大夏云的宿舍里住了十几天,写完中篇小说《电》。我只说是从文介绍,他们待我十分亲切。我们谈文学,谈得更多的是从文的事情,他们对他非常关心。以后我接触到更多的从文的朋友,我注意到他们对他都有一种深的感情。

在青岛我就知道他在恋爱。第二年我去南方旅行,回到上海得到从文和张兆和在北平结婚的消息,我发去贺电,祝他们"幸福无量"。从文来信要我到他的新家做客。在上海我没有事情,决定到北方去看看,我先去天津南开中学,同我哥哥李尧林一起生活了几天,便搭车去北平。

我坐人力车去府右街达子营,门牌号数记不起来了,总之,顺利地到了沈家。我只提了一个藤包,里面一件西装上衣、两三本书和一些小东西。从文带笑地紧紧握着我的手,说:"你来了。"就把我接进客厅。又介绍我认识他的新婚夫人,他的妹妹也在这里。

客厅连接一间屋子,房内有一张书桌和一张床,显然是主人的书房。他把我安顿在这里。

院子小,客厅小,书房也小,然而非常安静,我住得很舒适。正房只有小小的三间,中间那间又是饭厅,我每天去三次就餐,同桌还有别的客人,却让我坐上位,因此感到一点拘束。但是除了这个,我在这里完全自由活动,写文章看书,没有干扰,除非来了客人。

我初来时从文的客人不算少,一部分是教授、学者,另一部分是作家和学生。他不在大学教书了。杨振声到北平主持一个编教科书的机构,从文就在这机构里工作,每天照常上下班,我只知道朱自清同他在一起。这个时期他还为天津《大公报》编辑《文艺》副刊,为了写稿和副刊的一些事情,经常有人来同他商谈。这些已经够他忙了,可是他还有一件重要的工作,天津《国闻周报》上的连载:《记丁玲》。

根据我当时的印象,不少人焦急地等待着每一周的《国闻周报》,这连载是受到欢迎、得到重视的,一方面人们敬爱丁玲,另一方面从文的文章有独特的风格,作者用真挚的感情讲出读者心里的话。丁玲几个月前被捕,我从上海动身时,"良友文学丛书"的编者赵家璧委托我向从文组稿,他愿意出高价得到这部"好书",希望我帮忙,不让别人把稿子拿走。我办到了。可是出版界的形势越来越恶化，赵家璧拿到全稿，已无法编入丛书排印，过一两年他花几百元买下一个图书审查委员的书稿，算是行贿，《记丁玲》才有机会作为"良友文学丛书"之一见到天日。可是删削太多，尤其是后半部，那么多的××！以后也没有能重版，更说不上恢复原貌了。

五十五年过去了，从文在达子营写连载的事，我还不曾忘记，写到结尾他有些紧张，他不愿辜负读者的期待，又关心朋友的安危，交稿期到，他常常写作通宵。他爱他的老友，他不仅为她呼吁，同时也在为她的自由奔走。也许这呼吁、这奔走没有多大用处，但是他尽了全力。

最近我意外地找到一九四四年十二月十四日写给从文的信，里面有这样的话："前两个月我和家宝常见面，我们谈起你，觉得在朋友中待人最好、最热心帮忙的人只有你，至少你是第一个。这是真话。"

我记不起我是在什么情形里写下这一段话。但这的确是真话。在一九三四年也是这样，一九八五年我最后一次看见他，他在家养病，假牙未装上，讲话不清楚。几年不见他，有一肚皮的话要说，首先就是一九四四年十二月信上那几句。但是望着病人的浮肿的脸，坐在堆满书的小房间里，我觉得有什么东西堵塞了咽喉，我仿佛回到了一九三四年、三三年。多少人在等待《国闻周报》上的连载，他那样勤奋工作，那样热情写作。《记丁玲》之后又是《边城》，他心爱的家乡的风景和他关心的小人物的命运。这部中篇经过几十年并未失去它的魅力，还鼓舞美国的学者长途跋涉，到美丽的湘西寻找作家当年的脚迹。

我说过我在从文家做客的时候，他编辑的《大公报·文艺》副刊和读者见面了。单是为这个副刊，他就要做三方面工作：写稿、组稿、看稿。我也想得到他的忙碌，但从未听见他诉苦。我为《文艺》写过一篇散文，发刊后我拿回原稿。这手稿我后来捐赠北京图书馆了。我的钢笔字很差，墨水浅淡，只能说是勉强可读，从文却用毛笔填写得清清楚楚。我真想谢谢他，可是我知道他从来就是这样工作，他为多少年轻人看稿、改稿，并设法介绍出去。他还花钱刊印一个青年诗人的第一本诗集并为它作序，不是听说，我亲眼见到那本诗集。

从文就是这样一个人。他不喜欢表现自己。可是我和他接触较多，就看出他身上有不少发光的东西。不仅有很高的才华，他还有一颗金子般的心。他工作多，事业发展，自己并不曾得到什么报酬，反而引起不少的吱吱喳喳。那些吱吱喳喳加上多少年的小道消息，发展为今天所谓的争议，这争议曾经一度把他赶出文坛，不让他给写进文学史。但他还是默默地做他的工作（分配给他的新的工作），在极端困难的条件下，一样地做出出色的成绩。我接到香港寄来的那本关于中国服装史的大书,一方面为老友新的成就感到兴奋,一方面又痛惜自己浪费掉的几十年的光阴。我想起来了,就是在他那个新家的客厅里,他对我不止一次讲过这样的话:"不要浪费时间。"后来他在上海对我、对靳以、对萧乾也讲过类似的话。我当时并不同意,不过我相信他是出于好心。

我在达子营沈家究竟住了两个月或三个月,现在讲不清楚了。这说明我的病(帕金森综合征)在发展,不少的事逐渐走向遗忘。所以有必要记下不曾忘记的那些事情。不久靳以为文学季刊社在三座门大街十四号租了房子,要我同他一起搬过去,我便离开从文家。在靳以那里一直住到第二年七月。

北京图书馆和北海公园都在附近,我们经常去这两处。从文非常忙,但在同一座城里,我们常有机会见面,从文还定期为《文艺》副刊宴请作者。我经常出席。他仍然劝我不要浪费时间。我发表的文章他似乎全读过,有时也坦率地提些意见,我知道他对我很关心,对他们夫妇只有好感,我常常开玩笑地说我是他们家的食客,今天回想起来我还感到温暖。一九三四年《文学季刊》创刊,兆和为创刊号写稿,她的第一篇小说《湖畔》受到读者欢迎。她唯一的短篇集[①]后来就收在我主编的"文学丛刊"里。

[①] 指《湖畔》,署叔文著,文化生活出版社一九四一年六月出版。

三

我提到坦率,提到真诚,因为我们不把话藏在心里,我们之间自然会出现分歧,我们对不少的问题都有不同的看法。可是我要承认我们有过辩论,却不曾有争论。我们辩是非,并不争胜负。

在从文和萧乾的书信集《废邮存底》中还保存着一封他给我的长信《给某作家》(一九三七)。我一九三五年在日本横滨编写的《点滴》里也有一篇散文《沉落》是写给他的。从这两封信就可以看出我们间的分歧在什么地方。

一九三四年我从北平回上海,小住一个时期,动身去日本前为《文学》杂志写了一个短篇《沉落》。小说发表时我已到了横滨,从文读了《沉落》非常生气,写信来质问我:"写文章难道是为着泄气?!"我也动了感情,马上写了回答,我承认"我写文章没有一次不是为着泄气"。

他为什么这样生气?因为我批评了周作人一类的知识分子,周作人当时是《文艺》副刊的一位主要撰稿人,从文常常用尊敬的口气谈起他。其实我也崇拜过这个人,我至今还喜欢读他的一部分文章,从前他思想开明,对我国新文学的发展有过大的贡献。可是当时我批判的、我担心的并不是他的著作,而是他的生活、他的行为。从文认为我不理解周,我看倒是从文不理解他。可能我们两人对周都不理解，但事实是他终于做了为侵略者服务的汉奸。

回国以后我还和从文通过几封长信继续我们这次的辩论，因为我又发表过文章，针对另外一些熟人，譬如对朱光潜的批评，后来我也承认自己有偏见，有错误。从文着急起来，他劝我不要"那么爱理会小处"、"莫把感情火气过分糟蹋到这上面"。他责备我："什么米米大的小事如×××之类的闲言小语也使你动火，把小东小西也当成敌人。"还说："我觉得你感情的浪费真极可惜。"

我记不起我怎样回答他，因为我那封留底的长信在"文革"中丢失了，造反派抄走了它，就没有退回来。但我记得我想向他说明我还有理性，不会变成狂吠的疯狗。我写信，时而非常激动，时而停笔发笑，我想：我有可能担心我会发精神病，我不曾告诉他，他的话对我是连声的警钟，我知道我需要克制，我也懂得他所说的"在一堆沉默的日子里讨生活"的重要。我称他为"敬爱的畏友"，我衷心地感谢他。当然我并不放弃我的主张，我也想通过辩论说服他。

我回国那年年底又去北平，靳以回天津照料母亲的病，我到三座门大街结束《文学季刊》的事情，给房子退租。我去了达子营从文家，见到从文伉俪，非常亲热。他说："这一年你过得不错嘛。"他不再主编《文艺》副刊，把它交给了萧乾，他自己只编辑《大公报》的《星期文艺》，每周出一个整版。他向我组稿,我一口答应,就在十四号的北屋里,每晚写到深夜,外面是严寒和静寂。北平显得十分陌生,大片乌云笼罩在城市的上空,许多熟人都去了南方,我的笔拉不回两年前朋友们欢聚的日子,屋子里只有一炉火,我心里也在燃烧,我写,我要在暗夜里叫号。我重复着小说中人物的话:"我不怕……因为我有信仰。"

文章发表的那天下午我动身回上海,从文、兆和到前门车站送行。"你还再来吗?"从文微微一笑,紧紧握着我的手。

我张开口吐一个"我"字,声音就哑了,我多么不愿意在这个时候离开他们!我心里想:"有你们在,我一定会来。"

我不曾失信,不过我再来时已是十四年之后,在一个炎热的夏天。

四

抗战期间萧珊在西南联大念书,一九四〇年我从上海去昆明看望她,一九四一年我又从重庆去昆明,在昆明过了两个暑假。从文在联大教书,为了躲避敌机轰炸,他把家迁往呈贡,兆和同孩子们都住在乡下。我们也乘火车去过呈贡看望他们。那个时候没有教师节,教书老师普遍受到轻视,连大学教授也难使一家人温饱，我曾经说过两句话："钱可以赚到更多的钱。书常常给人带来不幸。"这就是那个社会的特点。他的文章写得少了，因为出书困难；生活水平降低了，吃的、用的东西都在涨价，他不叫苦，脸上始终露出温和的微笑。我还记得在昆明一家小饭食店里几次同他相遇，一两碗米线作为晚餐，有西红柿，还有鸡蛋，我们就满足了。

在昆明我们见面的机会不多，但是我们不再辩论了，我们珍惜在一起的每时每刻，我们同游过西山龙门，也一路跑过警报，看见炸弹落下后的浓烟，也看到血淋淋的尸体。过去一段时期他常常责备我："你总说你有信仰，你也得让别人感觉到你的信仰在哪里。"现在连我也感觉得到他的信仰在什么地方。只要看到他脸上的笑容或者眼里的闪光，我觉得心里就踏实。离开昆明后三年中，我每年都要写信求他不要放下笔，希望他多写小说。我说："我相信我们这个民族的潜在力量。"又说："我极赞成你那埋头做事的主张。"没有能再去昆明，我更想念他。

他并不曾搁笔，可是作品写得少。他过去的作品早已绝版，读到的人不多。开明书店愿意重印他的全部小说，他陆续将修订稿寄去。可是一部分底稿在中途遗失，他叹惜地告诉我，丢失的稿子偏偏是描写社会疾苦的那一部分，出版的几册却是关于男女事情的，"这样别人更不了解我了"。

最后一句不是原话，他也不仅说一句，但大意是如此。抗战前他在上海《大公报》发表过批评海派的文章引起强烈的反感。在昆明他的某些文章又得罪了不少的人。因此常有对他不友好的文章和议论出现。他可能感到有一点寂寞，偶尔也发发牢骚，但主要还是对那种越来越重视金钱、轻视知识的社会风气。在这一点我倒理解他，我在写作生涯中挨过的骂可能比他多，我不能说我就不感到寂寞。但是我并没有让人骂死。我也看见他倒了又站起来，一直勤奋地工作，最后他被迫离开了文艺界。

五

那是一九四九年的事。最初北平和平解放，然后上海解放。六月我和靳以、辛笛、健吾、唐弢、赵家璧他们去北平，出席首次全国文代会，见到从各地来的许多熟人和分别多年的老友，还有更多的献出自己的青春和心血的文艺战士。我很感动，也很兴奋。

但是从文没有露面，他不是大会的代表。我们几个人到他的家去，见到了他和兆和，他们早已不住在达子营了，不过我现在也说不出他们是不是住在东堂子胡同，因为一晃就是四十年，我的记忆模糊了，这几十年中间我没有看见他住过宽敞的房屋。最后他得到一个舒适的住处，却已经疾病缠身,只能让人搀扶着在屋里走走。我至今未见到他这个新居,一九八五年五月后我就未去过北京,不是我不想去,而是我越来越举步艰难了。

首届文代会期间我们几个人去从文家不止一次,表面上看不出他有情绪,他脸上仍然露出微笑。他向我们打听文艺界朋友的近况,他关心每一个熟人。然而文艺界似乎忘记了他,不给他出席文代会,以后还把他分配到历史博物馆,让他做讲解员,据说郑振铎到那里参观一个什么展览,见过他,但这是以后的事了。这年九月我第二次来北平出席全国政协会议,接着中华人民共和国成立,北京又成为首都,这次我大约住了三个星期,我几次看望从文,交谈的机会较多,我才了解一些真实情况。北京解放前后当地报纸上刊载了一些批判他的署名文章,有的还是在香港报上发表过的,十分尖锐。他在围城里,已经感到很孤寂,对形势和政策也不理解,只希望有一两个文艺界熟人见见他,同他谈谈。他当时战战兢兢,如履薄冰,仿佛就要掉进水里,多么需要人来拉他一把,可是他的期望落了空。他只好到华北革大去了,反正知识分子应当进行思想改造。

不用说,他受到了不公平的待遇,不仅在今天,在当时我就有这样的看法,可是我并没有站出来替他讲过话,我不敢,我总觉得自己头上有一把达摩克利斯的宝剑。从文一定感到委屈,可是他不声不响、认真地干他的工作。政协会议以后，第二年我去北京开会，休会的日子我去看望过从文，他似乎很平静，仍旧关心地问到一些熟人的近况。我每次赴京，总要去看看他。他已经安定下来了。对瓷器、对民间工艺、对古代服装他都有兴趣，谈起来头头是道。我暗中想，我外表忙忙碌碌，有说有笑，心里却十分紧张，为什么不能坐下来，埋头译书，默默地工作几年，也许可以做出一点成绩。然而我办不到，即使由我自己做主，我也不愿放下笔，还想换一支新的来歌颂新社会。我下决心深入生活，却始终深不下去，我参加各种活动，也始终浮在面上，经过北京我没有忘记去看他，总是在晚上去，两三间小屋，书架上放满了线装书，他正在工作，带着笑容欢迎我，问我一家人的近况，问一些熟人的近况。兆和也在，她在《人民文学》编辑部工作，偶尔谈几句杂志的事。有时还有他一个小女儿（侄女），他们很喜欢她，两个儿子不同他们住在一起。

我大约每年去一次，坐一个多小时，谈话他谈得多一些，我也讲我的事，但总是他问我答。我觉得他心里更加踏实了。我讲话好像只是在替自己辩护。我明白我四处奔跑，却什么都抓不住，心里空虚得很。我总疑心他在问我：你这样跑来跑去，有什么用处？不过我不会老实地对他讲出来。他的情况也逐渐好转，他参加了人民政协，在报刊上发表诗文。

"文革"前我最后一次去他家，是在一九六五年七月，我就要动身去越南采访。是在晚上，天气热，房里没有灯光，砖地上铺一床席子，兆和睡在地上，从文说："三姐生病，我们外面坐。"我和他各人一把椅子在院子里坐了一会儿，不知怎样我们两个讲话都没有劲头，不多久我就告辞走了。当时我绝没想到不出一年就会发生"文化大革命"，但是我有一种感觉我头上那把利剑，正在缓缓地往下坠。"四人帮"后来批判的"四条汉子"已经揭露出三个，我在这年元旦听过周扬一次谈话，我明白人人自危，他已经在保护自己了。

旅馆离这里不远，我慢慢地走回去，我想起过去我们的辩论，想起他劝我不要浪费时间，而我却什么也搞不出来。十几年过去了，我不过给添了一些罪名。我的脚步很沉重，仿佛前面张开一个大网，我不知道会不会投进网里，但无论如何一个可怕的、摧毁一切的、大的运动就要来了。我怎能够躲开它？

回到旅馆我感到精疲力尽，第二天早晨我就去机场，飞向南方。

六

在越南我进行了三个多月的采访，回到上海，等待我的是姚文元的《评新编历史剧〈海瑞罢官〉》。每周开会讨论一次，人人表态，看得出来，有人慢慢地在收网，"文化大革命"就要开场了。我有种种的罪名，不但我紧张，朋友们也替我紧张，后来我找到机会在会上做了检查，自以为卸掉了包袱。六月初到北京开会（亚非作家紧急会议），在机场接我的同志小心嘱咐我"不要出去找任何熟人"。我一方面认为自己已经过关，感到轻松，另一方面因为运动打击面广，又感到恐怖。我在这种奇怪的心境之下忙了一个多月，我的确"没出去找任何熟人"，无论是从文、健吾或者冰心。

但是会议结束，我回到机关参加学习，才知道自己仍在网里，真是在劫难逃了。进了"牛棚"，仿佛落入深渊，别人都把我看作罪人，我自己也认为有罪，表现得十分恭顺。绝没有想到这个所谓"触及灵魂"的"革命"会持续十年。在灵魂受到熬煎的漫漫长夜里，我偶尔也想到几个老朋友，希望从友情那里得到一点安慰。可是关于他们，一点消息也没有。我想到了从文，他的温和的笑容明明在我眼前。我对他讲过的那句话，"我不怕……我有信仰"像铁锤在我的头上敲打，我哪里有信仰？我只有害怕。我还有脸去见他？这种想法在当时也是很古怪的，一会儿就过去了。过些日子它又在我脑子里闪亮一下，然后又熄灭了。我一直没有从文的消息，也不见人来外调他的事情。

六年过去了。我在奉贤县文化系统"五七干校"里学习和劳动，在那里劳动的有好几个单位的干部，许多人我都不认识。有一次我给揪回上海接受批判，批判后第二天一早到巨鹿路作协分会旧址学习，我刚刚在指定的屋子里坐好，一位年轻姑娘走进来，问我是不是某人，她是从文家的亲戚，从文很想知道我是否住在原处。她是音乐学院附中的学生，我在干校见过。从文一家平安，这是很好的消息，可是我只答了一句：我仍住在原处。她就走了。回到干校，过了一些日子，我又遇见她，她说从文把我的地址遗失了，要我写一个交给她转去。我不敢背着工宣队"进行串连"，我怕得很。考虑了好几天，我才把写好的地址交给她。经过几年的改造，我变成了另外一个人，我遵守的信条是：多一事不如少一事。我并不希望从文来信。但是出乎我的意料，他很快就寄了信来，我回家休假，萧珊已经病倒，得到北京寄来的长信，她拿着五张信纸反复地看，含着眼泪说："还有人记得我们啊！"这对她是多大的安慰！

他的信是这样开始的："多年来家中搬动太大，把你们家的地址遗失了，问别人忌讳又多，所以直到今天得到×家熟人一信相告，才知道你们住处。大致家中变化还不太多。"

五页信纸上写了不少朋友的近状，最后说："熟人统在念中。便中也希望告知你们生活种种，我们都十分想知道。"

他还是像三十年代那样关心我。可是我没有寄去片纸只字的回答。萧珊患了不治之症，不到两个月便离开人世。我还是审查对象，没有通信自由，甚至不敢去信通知萧珊病逝。

  我为什么如此缺乏勇气？回想起来今天还感到惭愧。尽管我不敢表示自己并未忘记故友，从文却一直惦记着我。他委托一位亲戚来看望，了解我的情况。一九七四年他来上海，一个下午到我家探望，我女儿进医院待产，儿子在安徽农村插队落户，家中冷冷清清，我们把藤椅搬到走廊上，没有拘束，谈得很畅快。我也忘了自己的"结论"已经下来：一个不戴帽子的反革命。

七

  等到这个"结论"推翻，我失去的自由逐渐恢复，我又忙起来了。多次去北京开会，却只到过他的家两次。头一次他不在家，我见着兆和，急匆匆不曾坐下吃一杯茶。屋子里连写字桌也没有，只放得下一张小茶桌，夫妻二人轮流使用。第二次他已经搬家，可是房间还是很小，四壁图书，两三幅大幅近照，我们坐在当中，两把椅子靠得很近，使我想起一九六五年那个晚上，可是压在我们背上的包袱已经给甩掉了，代替它的是老和病。他行动不便，我比他好不了多少。我们不容易交谈，只好请兆和作翻译，谈了些彼此的近况。

  我大约坐了不到一个小时吧，告别时我高高兴兴，没有想到这是我们最后的一面,我以后就不曾再去北京。当时我感到内疚,暗暗地责备自己为什么不早来看望他。后来在上海听说他搬了家,换了宽敞的住处,不用下楼,可以让人搀扶着在屋子里散步,也曾替他高兴一阵子。

最近因为怀念老友,想记下一点什么,找出了从文的几封旧信,一九八〇年二月信中有一段话,我一直不能忘记:"因住处只一张桌子,目前为我赶校那两份选集,上午她三点即起床,六点出门上街取牛奶,把桌子让我工作,下午我睡,桌子再让她使用到下午六点,她做饭,再让我使用书桌。这样下去,那能支持多久!"

这事实应当大书特书,让国人知道中国一位大作家、一位高级知识分子就是在这种条件下工作。尽管他说"那能支持多久",可是他在信中谈起他的工作,劲头还是很大。他是能够支持下去的。近几个月我常常想:这个问题要是早解决,那有多好!可惜来得太迟了。不过有人说迟来总比不来好。

那么他的讣告是不是也来迟了呢?人们究竟在等待什么?我始终想不明白,难道是首长没有表态,记者不知道报道应当用什么规格?有人说:"可能是文学史上的地位没有排定,找不到适当的头衔和职称吧。"又有人说:"现在需要搞活经济,谁关心一个作家的生死存亡?你的笔就能把生产搞上去?!"

我无法回答。

又过了一个多月，我动笔更困难，思想更迟钝，讲话声音更低，我感觉到自己身体的一部分逐渐在老死。我和老友见面的时候不远了……

倘使真的和从文见面，我将对他讲些什么呢？

我还记得兆和说过："火化前他像熟睡一般，非常平静，看样子他明白自己一生在大风大浪中已尽了自己应尽的责任，清清白白，无愧于心。"他的确是这样。

我多么羡慕他！可是我却不能走得像他那样平静、那样从容，因为我并未尽了自己的责任，还欠下一身债，我不可能不惊动任何人静悄悄离开人世。那么就让我的心长久燃烧，一直到还清我的欠债。

有什么办法呢？中国知识分子的悲剧我是躲避不了的。

一九八八年九月三十日

小 说

　　我把围巾缠在颈项上,我感到异常地温暖,我又一次接触到善良的小小心灵,分得一点它的亮光与热气。我多日来的心上的阴影都给这一点光和热驱散了。

还魂草

一

敏，五年了，自从那封报告窗下的故事的长信以后，我没有给你写过一个字。每天黄昏，我沿着那条通过这个小镇①的公路散步的时候，我望着四周逐渐加深的夜色，我曾经想过许多友人的事情，可是我没有一次想到你。你看，现在轮到我把你忘记了。我不再像五年前那样成天坐在窗前空等你的信了。

然而今天在林那里拿到你托他转给我的短笺，你的潦草字迹像熟朋友似的招呼我，我不由自主地想起了那些时候的

---

① 小镇，指重庆郊外的沙坪坝。

事。你的方脸带着亲切的微笑浮现在我的眼前,还是那么生动,那么逼真,就像你昨天才离开我似的。我跟林谈起你,谈起你那几件使我感动过的事,我们谈得十分高兴,仿佛就和你坐在同一间屋子里一样。

傍晚,我离开了林,在汽车站等了半个多小时,才挤上最后一班车子,匆匆赶回小镇去。

车上堆满了人,我不但找不到一个座位,连踏脚的地方也还是费了大力争来的。在这个山城①里,天黑得很早,车开出去时,我的近视眼睛就看不清楚车上的面孔了。车里没有灯,乘客们用谈笑和推挤来驱逐黑暗。

车开出了热闹的街市,就开始颠簸起来。它像一只受伤的猛兽发狂地跳着,呻吟着,在黑暗中奔跑,并不管我们这一车客人的舒适和安全。

我给颠簸了将近一个钟头,仿佛骨头都抖得松开了,最后装满一脑子的给搅乱了的思想,回到家里。我带着疲倦的身子走上楼,进了那个凌乱地摆满书桌、书架、书柜、木床、木凳的房间,把手里拿的小包随便往桌上一放,就在床上倒下来。从对面楼房射过来的灯光在我这个房间里撒下了一些影子。

我躺着,我半睡半醒地躺了好一会儿,没有人来打扰

---

① 山城,指重庆市。

我。虽然楼下正街上响着各种各样的声音,甚至一辆庞然大物似的大卡车隆隆地在我窗下走过,我仍然安静地躺在原地方,不曾移动一下。直到一个小女孩的清脆的声音从楼梯上送进房里来,我才动了动身子,发出含糊的应声。

"黎伯伯,你的信来了,快开灯!"孩子快乐地叫着,她站在房门口,手里挥动着一件白色的东西。

我站起来扭开了电灯。孩子马上向我跑过来,口里还嚷着:"你的信,快拿去看!"略带黑色的宽脸上闪耀着一对漆黑发亮的大眼珠,嘴带笑地张开,让上下两排雪白的牙齿全露在外面。她把信递给我以后,小小的手伸起来指着她的浓黑头发,得意中略含一点羞惭,说:"你看,好不好?"发光的眼睛望着我的嘴,我知道她在等我的回答。

我手里捏着信,眼光却跟随那小小手指射到她的头上去,一只红缎子扎的大蝴蝶伏在她擦了油的乌亮头发上,映着电灯光发射出炫目的光彩。

"好看得很,"我带笑地称赞道,又问一句,"哪个给你戴上的?"

"妈妈。"她说着又笑了,昂着头笑得阖不住嘴。"妈妈给我在做新衣服,爹爹要给我买新鞋子。黎伯伯,你给我——"她抿着嘴笑,不再说下去。

我看见那一脸天真的表情,觉得这一天的疲倦都给她的笑吹走了,我高兴地问她:"利莎,你说,黎伯伯给你做什么?"我还以为她在向我讨什么东西。

"黎伯伯,你给我讲故事,讲些好听的故事。"她拉着我的手,央求地说。

"现在就讲?我肚皮里没有那么多好听的故事,怎么办?"我说着把手放在她的柔软的发上轻轻地抚摩着。她这个意外的回答使我非常满意。

"那么你明天讲,妈妈说你会写文章,肚皮里头故事一定多得很。"

"妈妈骗你的。你找妈妈讲罢,她会讲。"我故意推辞说。

"妈妈也讲,你也讲,你的故事好听。你今天想一晚上,明天就好讲啰。你给我讲故事,我给你送信——"这时她妈妈在楼下唤"利莎",她还往下说:"你不在家,我把信给你检得好好的。"

我不能再拒绝她了。我望着她那一开一阖的小嘴,望着她那发光的黑眼瞳,望着她那天真的笑脸,望着她头上那只微微摇动的红蝴蝶,我觉得接触到一个孩子的纯洁的心灵了。

"我讲,我讲。"我感动地、愉快地答道。

她妈妈又在下面唤"利莎"。她高声应了一句"来啰",便放开我的手转身走了。走了两步,她还回过头来嘱咐我:"黎伯伯,不要忘记,明天要讲个像《还魂草》那样好听的故事啊！"

"哪里有那么多还魂草的故事？你还想听得哭起来吗？"我望着她那一跳一跳的背影带笑说，但是她已经跑出房门听不见了。过了一分钟的光景，她的铃子似的声音又在楼下响起来。

敏，你该记得还魂草的故事，这是我们大家敬爱的一个年长朋友根据民间传说改编的。我第一次听到它时，还是同你住在一起。那天在我们那个房间里，林带了他的五岁孩子来，孩子缠着年长朋友讲故事，年长朋友就讲了这样的一个。将自己的血培养一种草，长成了就用它去救活一个死去的友人。这生死不渝的深厚的友情不仅使林的孩子眼里绽出泪光，连我们也被感动得许久说不出话，只能默默地互相注视。年长朋友的颤动的声音停止了，他埋下头，不看任何人，他的光滑的秃顶和发红发亮的鼻尖，在透过玻璃窗斜射进来的午后阳光下微微摆动。这个情景我至今还不能忘记。

现在林的孩子早已进了初中，年长朋友还在一个南方乡村里过着他那苦行者的生活，只有你一个人像一阵风来去不留一点踪影。但是今天你的信也来了。跟着你的信，跟着利莎口中讲出的"还魂草"三个字，那个难忘的情景又在我的脑子里浮现出来。

我拆开利莎送来的信，这正是那个年长朋友寄来的，而且意外地我在信封里发见了你写给我的另一张短笺，笔迹和字句跟我下午拿到的那张极相似。显然是你担心一张纸不容易到我手边，才写了同样的信函托不同地方的友人给我转来。

我拿了你的短笺反复诵读。我愿意把每个字都印在我的心上。我感激你关切的情谊，我知道自己判断的错误。这几年来你并没有忘记我。在你那忙碌的生活中，你还时时在打听我的消息。可是我却像石人一样地沉默了。我应该为这件事情感到惭愧。

过去的错误无法挽回，不过我还能够不让这样的错误继续下去。所以我趁今晚上电灯还亮着，又没有别的事情绊住我，就坐下来给你写信。我预备写一封很长很长的信，我要详细地告诉你我最近的生活情形。

写到这里我迟疑起来了。关于我最近的生活，我应该从什么地方写起呢？又应该写些什么呢？

我抬起头茫然望着窗下的街景。斜对面一家百货商店的玻璃橱窗带着那些绚烂的红绿颜色最先闯进我的眼睛来。在那两个雪亮的橱窗里展览着各种各类的上海奢侈品。这些东西放在任何一个女人的身上都会给她增加美丽，如今却寂寞地躺在受过敌人炸弹蹂躏的街中，向这战时小镇的居民夸耀它们的豪华了。然而被挤在两个大橱窗中间的大开的门却并不是冷清清的，也有不少的人从那里进出。我还可以瞥见柜台里的店员将包好的物品递给顾客。紧靠着这个百货商店的是一家糖果铺。它即使不是这个小镇上生意最好的一家，也应该被列在最赚钱的商店中间。它的玻璃窗里并没有雪亮的电灯，每天早晨窗内木板上总是摆满了面包和点心，但是一到晚上就只剩下白色木板空望着行人。一天从早到晚总有许多客人拥挤在这个糖果店里，等着店员们的忙碌的手包扎东西。甚至在一个红球挂出以后，这家店铺也无法立刻送走纷至沓来的顾客，早作疏散的准备。

我再把眼光移到街中，接连一个星期的小雨以后遇着两个晴天，泥泞的道路已经变成干燥的了。大学生模样的男女青年一对一对地走过，仿佛都带着闲适的表情，他们中间不时发出愉快的笑声。在街中谈笑的还有一群一群的穿制服和棉大衣的中学生，所谓一群也不过是三四个到六七个，男的和男的走在一起，女的也爱和女同学结伴。中学生的脚步下得比较快，他们还喜欢向两旁店铺张望。带着儿女逛街的中年夫妇和饭后出来散步的大学教授、中学教员、银行职员以及公务人员也不时在人丛中出现。现在正是街上最热闹的时候。

我的眼光还在往前面移，它又跟着一部分人进了一家卖面兼卖甜食的铺子。这个小小铺子也是镇上生意兴旺的商店之一，一早一晚总有好些人站在门前，用迟疑的眼光朝里面望，不能决定是否要为一碗面、一碗藕粉或者一瓶豆浆等若干时候。这个铺子和那个百货商店隔得不远，中间不过四五家店铺，在它的紧隔壁是一个卖火锅豆花的小馆子，一幅白布幔子代替了玻璃窗，人头与火炉的影子"牛皮灯影"似的映在布幔上面。

敏，你看我这趟野马跑得多远，我的笔跟着我的眼光走了这一大段路。我竟然唠唠叨叨地向你描绘这个小镇的街景，这些跟你那忙碌的生活又有什么关系呢？你想知道的不就是我的近况么？

不过说到我的生活，朋友，你想不到，这些琐碎事情也是跟我的平凡生活分不开的，它们成了我日常生活中的一些小小点缀。譬如说那个百货商店，我为了买利华药皂和三星牙膏曾做过它的顾客；在有警报的日子，我在进防空洞以前或者从防空洞出来，也进过糖果店买面包、饼干。我常常吃那个面馆的红烧面当早餐。朋友们从城里来看我的时候，我和他们也曾在茶铺、面馆、豆花店里消磨过一些光阴。

说起茶铺，我应该告诉你，在这个小镇的正街上，有五家茶铺。我每天总要在那些地方度过一部分时间。我的确喜欢这里的茶铺，要是没有它们，我恐怕会闷死在我这个充满煤臭的楼房里。最大的一家，正如它的招牌所表明的，是一家"茶楼"。在一个宽大的楼厅里放了十几张红漆方桌和六七十根红漆板凳。从那些挂满墙壁的对联上，人看得出来这是本地××会①集会的场所。不过集会的日子不多。平时一个楼厅里常常只有寥寥十多个茶客,大半是大学生,一个人占据一张桌子,堆满了纸和书,一碗茶便可以消磨他三四个钟头,他们借这个地方来温习功课。此外有的人则是在这里会朋友商量事情。茶楼下面便是长途汽车站,站内虽有一条供乘客用的长凳,却也有少数人喜欢坐在楼上喝茶等车。但是这样的人并不多。除了星期天,早晨和午后茶楼上照例非常清静,黑脸堂倌闲得在柜台里打瞌睡。有时茶楼上就只有我一个顾客,我可以把全副精神放在一本书上面。或者那个光头微须的矮胖子慢慢地走上来要一碗沱茶,坐在角落里静静地喝了许久;或者三层楼上那个奶子高高、脸色黄黄的丫头走下楼梯讨一点开水,同堂倌讲几句笑话;或者那个大学生带着笔、墨、砚台、稿纸要一杯绿茶和一杯菊花坐在窗前写文章,他们都不会给我搅乱书本中的世界。可怕的倒是隆隆的汽车声,它使得墙壁、楼板、桌、凳都发生了震动。汽车在楼下经过的时候,我就仿佛立在颠簸的船中,船外扬起的不是浪波,却是尘雾。我如果不转眼地望着窗户,我可以清清楚楚地看见大股大股的尘土从窗外直扑进来。靠窗的几张桌面立刻铺上薄薄的一层土。

我知道一辆汽车从附近一个市镇开来经过这里往城内驶

---

① ××会,本地的流氓集团。

去了,或者是从城里开往那个市镇去的汽车。它们每天来来往往经过这里至少有二三十次。那种仿佛要震破人耳膜的春雷似的车声,常常从早晨七点钟响到夜间六七点。车轮那样忙碌地奔跑,没有一个时候停止过喘息。连扑进窗来的每粒沙尘也仿佛带着热气似的。你看,我们就是在灰尘中生活着的。

敏,你不要因为这个皱起眉头。其实在我住的那个房间里情形还要更坏。我的书桌就放在窗前,窗上玻璃被五个月前落在这条街上的炸弹全震破了,现在补上了几块,也留着几个空洞。即使没有大汽车经过,只要起一阵风,大股的尘土就会从这些空洞灌进房里来。要是在晴天有阳光,我还可以看见灰尘在空中飞舞。

我住在一个朋友开的书店的楼上。关于这个房间我可以告诉你许多事,许多你想不到的事。这里原是所谓"双开间"的铺面,楼下却被一家菜馆先租去了一间,书店左边也是一家同样性质的兼卖"小笼包饺"的酒菜馆,所以它不得不夹在两个酒菜馆的当中。在酒馆的屋檐下,就是在人行道上,每一家安放着一个圆形的大炭炉,从早晨到傍晚它们不断地喷出带煤臭的烟,还有炖在铁锅上的蒸笼缝里也不时冒出白色的热气。倘使笼盖一揭开,这附近就仿佛起了云雾,大股的热气同煤烟混在一起直往上升,被屋檐阻止了,折回来,就从窗户的空洞大量地灌进楼房里。这时人在房中也会看不清楚他四周的东西。他要是努力睁大眼睛想看穿烟雾，他的眼珠又会被热烟刺痛。这并不是我的夸大的描写，在每个早晨，情形的确是如此。早晨便是烟雾最猖獗的时期。

我现在给你随便描写一段我早晨的生活：

一阵隆隆的汽车声把我惊醒了，我睁开眼睛，只看见白色的烟雾一股一股地从玻璃窗的空洞里灌进来，好像决了堤的水，很快地就淹没了整个房间，留给我的只是白茫茫的一片。

楼板和墙壁全起了震动，同时好像有什么人在我耳边大声叫喊。我觉得整个头都在嗡嗡地响。过了片刻，汽车去远了，我的脑子才跟着楼板、墙壁等等慢慢地静下来。

我坐在床上，揉着眼皮，然后戴上眼镜，努力看那些被淹没在白雾中的房内陈设。起初我看见白雾在翻腾，在滚动。后来颜色渐渐地淡了，烟雾也逐渐散去。书桌、书架、书柜、木床、木凳开始清晰地浮现出来。房里就只有这些简单的家具。

我下了床，穿好衣服，走到窗前，那股熟悉的似乎会使人肺部烂掉的煤臭一下子就扑上脸来。我几乎要发恶心，连忙掉转身抓起脸帕和肥皂、牙刷等等匆匆地逃下楼去。

倘使在星期日，那么我睁开眼睛，常常会看见利莎站在我的床前，她一对黑黑的亮眼珠不住地在滚动，宽脸上现出天真的微笑，她捏着一根纸条搓成的细捻子，好像要用它来透我的鼻孔。

"利莎，你又在做什么？"

她扑嗤笑起来："黎伯伯，我轻轻喊你，总喊不醒。"

"你这个顽皮孩子，你哪里是喊我？你明明要透我的鼻子。"我故意做出责备的样子说。

"真的，我没有透；我要透，你早就打喷嚏了。"利莎声音清脆地分辩道，两排白牙齿在我的眼镜片上灿烂地发光。她又说："妈妈说黎伯伯晚上写文章睡得晏，喊我不要吵你。我今早晨来过几趟，黎伯伯，你都没有睡醒，我想起妈妈说的话，我不好意思吵你。"

我伸起手摸摸这个孩子的头。她说的是真话。有两回她用这样的纸捻子透得我接连打喷嚏，但这还是我来这里不久刚和她玩熟了时的事情。在这以后她就只拿着纸捻子在我的脸上晃，却没有下过一次手。

"黎伯伯，起来罢，时候不早了，今天天气好，你带我出去走走。"或者——

"黎伯伯，起来，下楼去吃点心。"或者——

"黎伯伯，洗了脸，给我讲个故事。"

如果我问她："你怎么不去上学？又逃学吗？"

她便会回答："今天星期天，你还不晓得？我从不逃学的。黎伯伯，你乱讲！"她还用一根小指头威胁地指着我的前额。

这个孩子有时活泼，有时文静，喜欢用思想，重感情，记性也很好，读书不算太用功，但也不会偷懒，逃学的事情的确不曾有过。我喜欢这个九岁的孩子。

昨天是星期日，早晨我又被她的喜悦的声音唤醒了。她拿着一张纸和一管蘸饱墨汁的小字笔央求我："请你给我写两个字。"

"什么字？"我奇怪地问道，就把笔和纸接过来。

"秦家凤，'家'字我会写。"她又慢慢地把那三个字重念一遍。

"秦家凤，就是你那个好朋友，梳两根辫子的小姑娘吗？"我带笑问道，便给她写好那三个字。

"就是她。"利莎笑答道，把右手第二根指头放在嘴上。

"你写她的名字做什么？是不是你要给她写信？"我又问道，还把那张纸拿在手里。

她从那件青红色方格子呢大衣的口袋里摸出一张信纸，拿在我眼前一晃，又笑嘻嘻地放回袋里，然后说："她讲过今早晨来耍，现在还没有来，我写封信去请她来。"

"你们真是好朋友，一天也舍不得分开。"我故意跟她开玩笑。

"黎伯伯，你才是我的好朋友，你讲故事给我听。"利莎似乎有点不好意思，笑着把头一扭，分辩道。她忽然把我身上的棉被往下面一扯，等我连忙伸手拉住，半幅棉被已经离开我的身子垂到楼板上了。她得意地说一句："黎伯伯，快起来！"就回头往房外跑去。我听见她还在楼梯上大声嚷道："黎伯伯，谢谢你啊！"

不到两个钟头，秦家凤来了。这两个女孩亲热地并肩坐在楼下靠书橱的一张方桌旁边，头挨着头专心地翻看一本画报。

我从外面回到书店里，经过那张方桌，忍不住打岔地叫了一声："利莎。"两个年轻的头立刻抬起来望着我。利莎的宽脸上现着欣喜的微笑，她满意地对我眨眨眼睛。另一张瓜子脸上也绽出笑容，薄薄的嘴唇微微张开，很有礼貌地唤一声"黎伯伯"，点一下头，两根用红绸带扎的小辫子又垂到了脸颊旁边。

我没有别的话好讲，便说了一句："利莎，你好好地陪你秦姐姐耍啊。"

"我晓得。"利莎点头答道。

我上楼去写了一封信，是写给一个远在国外的朋友的，不过短短两张信纸，却花了我不少的时间。我在书桌前几次站起来又坐下去，刚埋下头又会抬起来。还是煤臭在折磨我。这气味不断地从窗的缺口飞进来，就贴在屋内每一件东西上面，许久都不散去，使得书桌、信笺、钢笔都发出了那种似乎搔痛人心肺的恶臭。好像有一把钝刀子在我的心上用力刮来刮去，使我发出好几声呛咳，才把信写完。

我拿着封好的信和一本没有读完的书大步走下楼去。我打算把信投到邮筒里，然后到茶楼去消磨一两个钟头。

在楼下我又遇见那两个女孩。她们现在不是坐在方桌旁边板凳上看画报了，她们坐在店门口两个小竹凳上唧唧哝哝地谈着闲话。我站在后面想听她们谈些什么题目。她们似乎在谈学校里和各人家里的事。利莎忽然注意到站在她们背后的是我，并不是一个买书的顾客，便唤声"黎伯伯"，秦家凤立刻把她那滔滔不绝的小嘴闭上了。

"你们怎么不再往下讲？"我含笑问道。

秦家凤不好意思地看我一眼，她只是微微一笑。

"黎伯伯，你不好，你在偷听我们讲话。"利莎撒娇地说。她站起来，拉住我的一只膀子要我出去，还说："你快去看你的书。我们等一会儿到茶馆里头找你。"

我笑了笑，也就走开了。这天茶楼上的人相当多，四分之三的茶桌都被人占去了。恰好靠窗右边角里那张桌子空出来，我便坐到那里去。

满个茶楼都是谈笑声。几个学生模样的人在打"桥牌"。纸烟的灰白色烟雾在空中缭绕。我摊开书，把注意力慢慢地集中在另一个世界上面。书一页一页地在我眼前翻过。突然一个清脆的笑声在我旁边响起来。我吃惊地抬起头。在我的正对面两张年轻的笑脸灿烂地发亮，我心里一阵爽快，这意外的阳光把我从那个充满阴郁气氛的世界中救出来了。

还是袁利莎和秦家凤那两个孩子,她们真的来了。

"黎伯伯,吃花生米。"利莎说着就送过一把花生米来。

"你们什么时候来的?吃不吃茶?"我吃着花生米,含笑问道,我想把她们留在这里。

"不吃茶,我们刚刚吃了茶来的。"秦家凤客气地说。薄薄的嘴唇包了一嘴的笑。

"黎伯伯,你好用功啊。我们来了好半天你都没有看见。要不是我笑出来,你还不晓得,"利莎得意地嘲笑着,"黎伯伯,当心你要变成一个书呆子啊。"

我立刻把书阖上放在一边,望着她们说:"我现在不看书了。你们坐下来,我们好讲话。大家都不开玩笑好不好?"

"利莎,你看黎伯伯有点怕你了,你快坐下罢。"秦家凤抿着嘴笑道。她便在我对面坐下来。

利莎也就在我右边那根凳子上坐下了。她望着我眨眨眼睛,央求地说:"黎伯伯,我们坐下来了。你给我们讲个故事罢。"她说完,又看看秦家凤说:"秦姐姐,你不是来听黎伯伯讲故事的吗?"

我把手在利莎的头上轻轻地敲了一下,故意做出责备的样子说:"就是你一个人花样多。"

"黎伯伯,不是她一个人的事,我也是来听你讲故事的。"秦家凤连忙解释道。她亲密地看看利莎。利莎也向着她微微点一下头。

我把这两张脸上的表情看了一阵。她们说话就像鸟在唱歌，利莎的声音稍微高一点。脸型虽然不同，不过表情却有点相似，只是利莎多一点稚气，秦家凤已经十岁了，略带一点沉静的大人气。此外，纯洁、善良、友爱等等，两张脸上都有，而且两张脸同样充满着朝气，好像早晨刚刚开放的花朵。

"黎伯伯，你不讲，却老是看我们做什么？"利莎不能忍耐地问道。秦家凤不作声，故意把脸掉开看墙上的对联。

"我在想，想好了就讲的。"我顺口答道，这时候我忽然想起了还魂草的故事。故事里面不是也有两个像这样年纪的孩子么？他们不也是像这样亲密地过着日子么？

我把这个故事对她们讲出来。起初她们听见我讲起两个孩子的友情，还以为我是在拿她们开玩笑，后来跟着我的叙述她们看见那两个孩子长成了，友情跟随岁月增加，两颗热烈的心联结在一起，两个人用同样的脚步，到四处去找寻那个普照万物、永不熄灭的明灯。……她们的笑容没有了，利莎靠近我的身边来，秦家凤也移到利莎的旁边。两对眼睛都盯在我的嘴上，她们差不多连气也不吐地静听着。我还看见利莎的右手被捏在秦家凤的手里。

我继续讲下去：两个人永远不停脚地走过许多地方。终于在一个寒冷的夜里，在黑暗的荒山中，两人中的一个跌在岩石上受了重伤。另一个人用尽方法仍然不能挽救朋友的性命。在那个时候据说有这样的一种还魂草，人把它捣碎放在死人口里，可以使死了的人复活。这种草生长在荒山中，并不难找到，不过要用活人的热血培养，它才会长成粗大的叶子，就可以用来救人。这个人把还魂草找到了，他带回家里，栽在花盆里面，每天早晚用锥子刺出自己身上的血来浇这棵草，在一个星期以后就用草救活了他的朋友。

敏，你知道，故事的结局并不是悲惨的，两个人终于找到普照一切的明灯，给这个世界添了无限的温暖。不过我讲到那个受伤的友人临死的情形，我自己也受到感动，我的声音颤抖起来。我几次差一点讲不下去。我闭上嘴，吞一口吐沫，我就看到面前两个女孩眼里的莹莹泪光。秦家凤频频地埋下头用手绢揩眼睛，她的另一只手仍然把利莎的右手紧紧捏住，而且似乎捏得更紧。利莎好几回掉头看她的朋友，两双泪眼对望一下又掉开，我不知道她们用眼光表达些什么意思。

"我不再讲下去了，我把你们都说得哭起来了，这有什么好处？"我的叙述逼近故事的结尾时，我忽然中断地说。

"你讲，你讲，不要紧的，"利莎抓住我的袖子央求道，"我们真没有哭。"

"你还说没有哭，你看，你眼睛里是什么东西？"我指着她的眼睛说。

利莎的脸立刻红起来。她揉揉眼睛分辩道："我不是哭。人家心头有点不好过，不知不觉地眼泪水就流出来了。"秦家凤放开利莎的手破涕一笑，她不好意思地掉开头，索性用手绢把眼泪揩去。

"不要害羞，这样的眼泪是很好的，"我感动地对她们说，"我像你们这样大年纪的时候，我听别人讲故事也哭过。"

两个小小的头默默地点了一下，还是利莎先开口："黎伯伯，快讲啊，还有好长吗？"

"快完了。你们看那个朋友已经救活起来了，还有什么好讲的！"

"你自己编一点也好。你不是很会编故事吗？你写了那么多的书。"利莎说。

敏，这次利莎的话说准了，还魂草的故事里面已经加进了我的感情，我随讲随编，加了好些描写和叙述，而且给这个故事换了一个更乐观的结局。说完故事的最后一句，我望着她们嘘了一口气，我看见两张年轻的脸上都笼罩着一种明澈无比的微笑，我觉得一股热气进了我的心中，很快地我全身都感到了温暖，我感激地微笑了。

利莎站起来，轻轻地对秦家凤说："秦姐姐，我们回去罢。"她拉开板凳，提高声音笑容满面地对我说："黎伯伯，谢谢你啊。"秦家凤的瓜子脸也向着我点一下。于是两个孩子手牵手地往楼梯那边跑去了。

过了一阵，又是那两个女孩子来唤我回店里去吃饭。在饭桌上她们两个坐在一边。利莎还常常替秦家凤夹菜。秦家凤先放下碗，等着利莎吃完，才一起离开桌子。两个人又手拉手地往外面去了。

敏，以上的话全是两天以前写的。我从晚上一直写到夜深，写到同房间的人睡醒了一觉再睡的时候，才放下笔，折好那些作为信笺的稿纸。但是我的一双腿已经冻到几乎不能够动弹了。

第二天我便因为受了寒躺在床上爬不起来。我没有吃东西，没有看书，睁起眼睛在床上想了一天的事情。在各种各样的事情当中，总有你那对炯炯的眼睛在向我注视。敏，你看，我何尝忘记过你？我忽然又想起了你五年前对我说过的话："你要好好地照顾自己，你也该学会忍耐。"的确，我现在已经学会忍耐了。

这天朋友夫妇都来看过我，但是来得次数最多的还是那个小利莎。她上午回家听说我病了，马上带着书包来看我，问我病得怎样，又问我要不要吃东西。她絮絮地向我讲她在学堂里看见、听见的一些事情。看见天真善良的小小脸上的笑容，我仿佛受到春日阳光的抚摩，我心上的郁结全消散了。

她忽然停住嘴，向窗外一看，一团一团的白汽在窗洞口盘旋，她把嘴一努，生气地自言自语："又是煤臭，真要把人熏死！"她回过头，赌气似的对我说："黎伯伯，这个地方真不好，我们应该搬家。你看，你生病，他们还要熏你。"

她说的是真话。煤臭，煤臭，两个炉子放在窗下，一边一个，早晨生火的时候用烟来熏我们；包饺出笼的时候，用带油香的蒸汽来闷我们；而且整天用那无孔不入的煤臭来刮我们的心。

"搬家？找不到房子，又搬到哪里去？要是有房子你父亲早就搬开了。"我苦恼地答道。

"包饺一笼，排骨面三碗！"粗大的声音在楼下喊起来。这也是人的声音。为什么人对人这样残酷呢？难道我们同他们中间又有过什么仇恨？无怪乎这个孩子又愤愤地说了：

"他们也是人，为什么这样不讲理？不过多卖几个钱，却不让人家舒服。爹爹向他们办交涉，总讲不好！"

不错，我那朋友同楼下两家酒菜馆的主人办过交涉，请他们把炉子移到店铺里面，不要放在人行道上，却遭他们严辞拒绝。后来实在受不住烟熏，朋友又到镇上警察分署去请求设法。那位制服整洁的讲湖北话的巡官亲自来书店调查了一通，客气地吩咐朋友写一张呈文递上去。这张呈文费了朋友许多天的工夫，呈文上去以后，到现在还没有下文。我们仍然整天受着煤烟熏炙。朋友那个新生的男孩就是在这样的环境里养育起来的,现在开始牙牙学语了。

"有什么办法呢?现在一般人都是自私自利的,只知道顾自己,不会想到别人。你爹爹态度不够硬,又是随随便便,所以交涉总办不成功。"我说的全是牢骚话。敏,我知道你听见一定会责备我,我不应该对一个九岁小孩说出这种话。

"我不相信,我就不要只顾自己!黎伯伯,你说得不对。"利莎嘟起嘴固执地说。

我又一次接触到孩子的纯洁的心灵了。这比良药还更能够治我的病。我用感激的泪眼望着她。

"黎伯伯,你不舒服吗?怎么有眼泪水?"她忽然发觉了我的眼泪,又看见我痴呆地望着她,不知道我心里想些什么,就蹲在床前关心地问道。

"没有什么,你说得很对。"我摇摇头说。

"你一定是不舒服。不要讲话了,好好地睡罢。"她像一个大人似的吩咐我。

下午利莎放学回来,在下面跟她母亲讲话。我刚刚醒过来,觉得心里好受一点,听见她的清脆的、不带丝毫烦恼的声音,仿佛一阵温暖的微风迎面吹来,把全屋子的煤臭吹走了,我感到一阵爽快。

不久利莎走上楼来。她刚刚到门口,就嚷着:"黎伯伯,你好些没有?"

"好些了。你放学回来了。"我高兴地说。

她敞开大衣,带跳带跑地到了我的床前。一只蓝地白点的绸子蝴蝶在她的头上微微地闪动。

"我跟爹爹讲过了,要他一定把隔壁开馆子的赶走,赶走了屋里头就没有煤烟了。"她像报告一个重要消息似的认真地说。她满意地微笑了。

我默默地望着她的笑容,低声回答了两个字:"很好。"

"黎伯伯,你今天吃过东西没有?"她又殷勤地问。

"我吃过一碗藕粉冲蛋,觉得很好。"我含笑答道。

"很好,"她学着我的口音说,自己也忍不住扑嗤笑起来,"黎伯伯,你真滑稽,不管什么,你总说很好,很好。生了病睡在床上也说很好。你看,满屋的煤臭,你难道也说很好?"她刚说到这里,一辆从城里开来的汽车逼近了我们的窗下,一阵轰隆的巨声带着灰黄的尘土扑进窗里来。她忽然发出一声呛咳,然后拿手绢揩了揩嘴和鼻孔,抱怨地自言自语:"人家就不给你安静,一会儿是孔隆孔隆汽车开过来,一会儿又是排骨面几碗。"她又对我说:"黎伯伯,亏你还睡得着,你真能够忍耐!"

我吃了一惊。她怎么会说出这种话?敏,你看现在连一个九岁的孩子也责备我能够忍耐了。不知道你听见会有什么感想?你猜我怎样回答她?

"在这种时候人活着就需要忍耐啊。"我的确是这样地回答她的,而且我还加上一句,"你小孩子不懂得。"

"黎伯伯,你不对,你动不动就说我们小孩子这样那样。难道你自己就没有做过小孩子?"利莎噘起嘴不以为然地说。

我不答话,却望着她笑起来。

她要讲话,楼梯上一个叫声把她阻止了。声音不高,我一听就知道是秦家凤的,声音继续着,显然是那个女孩走上楼来了。利莎一边答应,一边往门外跑去。

又是两个孩子手拉手地走进来。"你上去就紧不下来。"秦家凤笑着埋怨利莎道。她快要走到我的床前,便站住,点一下头,唤了一声"黎伯伯",又转过头望着利莎微笑。

"黎伯伯,秦姐姐听说你生病,特为来看你的。"利莎笑着说。

秦家凤便掉头朝着我接下去说:"黎伯伯,你好些了吗?"

"好多了,谢谢你啊。"我点头答道。

"黎伯伯,你不要着急,她今天不是来听故事的。不过你病好了一定要给我们讲故事啊。"利莎高兴起来又跟我开玩笑说。

"利莎,你不好,黎伯伯生病,你还要吵他讲故事。"秦家凤伸手把利莎头上那个蓝花蝴蝶整理一下,一面搭讪地说。

利莎掉转头对秦家凤闪闪眼睛，带笑分辩道："你现在不要在黎伯伯面前讨好。讲故事还不是归我们两个听？"她又回过头来看看我："今天黎伯伯害病，就是你请他讲，他也不肯讲的。"

"我讲，我讲。"我毫不踌躇地接连说，我很高兴，她们给了我这样大的喜悦！我也愿意使她们满意。一个故事自然而然地浮到我的脑子里来了。我便开始说："从前有一家人——"

两个孩子正在交换眼光。忽然利莎嚷起来："我们现在不要听，我们现在不要听！"她笑着，秦家凤也笑着。两个孩子马上掉转身，手拉着手轻轻地往楼下跑去了。

我又睡了一觉，醒来时只听见隔壁房间里一阵唧唧哝哝的声音，我的听惯了喧嚣也听惯了寂寞的耳朵立刻分辨出来这是利莎同秦家凤两个人在那里讲话。她们的话似乎越讲越多，话中常常夹杂着笑声，仿佛两个人都很高兴。过了好一会儿，声音终于寂然了。两个人好像轻手轻脚地走出房来。我想她们一定是到楼下去，不过我也动一动头，把眼睛掉向房门。

我这房门是终日终夜都开着的。这时忽然伸进来两张年轻的脸，黑黑的头发，两朵紫花旁边停住一只带白点子的蓝蝴蝶。两个人的发亮的眼光直往我的脸上射来。我忍不住笑了。

于是两个孩子又带跳带笑地奔进来,很快地就到了我的床前。

"黎伯伯,你今天睡得太多了。"利莎嘲笑地说。

"黎伯伯,我们先前还来看过你,你睡得呼呀呼的。"秦家凤说了,自己抿嘴笑起来。

"我哪里睡觉?我只听见你们在隔壁叽里咕噜吵了大半天,不晓得吵些什么,讲得那样亲热。"我也跟她们开玩笑道。

"黎伯伯,你说得不对。我们轻轻地讲话,又没有吵嘴,你怎么说吵了大半天!"利莎笑着辩道。

"这又算是我讲错了。你这个多嘴的小姑娘,我讲不过你。我只问你刚才我正要给你们讲故事,你们为什么一下子就跑开了,是不是嫌我讲得不好?"

听见我这几句话,两个人又互相望了望;利莎闪闪眼,秦家凤笑笑分辩说:"黎伯伯,不是啊。我们怕你讲累了,会翻病的。"

"妈妈说过,黎伯伯生病,不要再请他讲故事。"利莎连忙接下去说了这一句。

看见她们的充满善意和关心的表情,我只有感激地点点头,接连说了三个表示了悟的"哦"字。

"还有袁伯母要我们来问你,要不要吃什么东西。"秦家凤再说。

不等我开口，利莎就接下去："我晓得，要一碗藕粉冲蛋。"她扑嗤一笑。

"利莎，你真聪明，猜得到我的心。"我也忍不住笑了，却故意称赞她一句。这时夜幕已经罩上天空，在对面楼房中电灯光黄黄地亮了，楼下酒菜馆里显得十分热闹，江苏口音的茶房大声嚷着："五号的大红蹄、炒肉丝快点！"我也觉得肚子有点空虚了，便说："那么你们下去的时候，喊人给我买碗藕粉冲蛋也好。"

"我们现在就下去，我要回去了。"秦家凤对利莎说。然后她望着我："黎伯伯，我回家去啰，下回再来看你。"

"好，谢谢你，放学时候再来耍啊。"我点点头说。

"秦姐姐，你看黎伯伯真客气，还在说谢谢你。"利莎笑起来说。秦家凤也笑了。

"我要来的，我还要来听黎伯伯讲故事。"秦家凤说，向我行一个礼，就牵着利莎的手走了。

少了这两张发光的笑脸，房里顿时阴暗起来。夜吞没了我的房间。但是我的心和我的身体却是很暖和的。我不扭开电灯，黑暗可以帮助我思索，我在床上翻来覆去想了许久。

还是利莎端了藕粉上来给我开灯的。

这个晚上我睡得早，而且睡得很好。心里非常坦然，一切暗影都消散了。没有噩梦。夜在我的安静的睡眠中过去了。

早晨我又被利莎唤醒。这是意外的事，因为今天不是星期日。利莎站在床前，使劲地推动我的头，惊惶地叫着："黎伯伯！黎伯伯！快起来！"我睁大了眼睛。

　　"你快起来！爹爹跟下面吵起来了！快点！他们要拿刀来杀爹爹！"她两只眼睛惊恐地睁得很大，脸色也变成惨白，说话带点口吃，现出了很可怜的样子。

　　"你不要怕，不会有这种事情，他们绝不敢。"我安慰她说，即刻披起衣服下了床。我听见一个粗暴声音骂着："娘操×，你有本事你就下来！"

　　"下来就下来！"我那个朋友气得声音打颤，接着橐橐地走下楼去。

　　"快去，快去。"利莎又在催促。

　　"不要紧。"我一面说，一面穿好衣服同利莎一起走下楼去。我听见朋友太太在隔壁同娘姨讲话，便断定事情并不严重。

　　楼下店门大开，朋友同一群人往警察分署去了。我们再听不见争吵声。利莎的脸色也恢复了红润。她听见我问她要不要跟着去警察分署的时候，她不回答，却先问我："黎伯伯，我忘记了，你的病还没有好吧？"

　　"完全好了，你要去我可以陪你去。"

　　"你还没有洗脸嘛。"她望着我说。接着又自言自语："偏偏不凑巧，张先生进城去了，黄子文又去买菜去。店里头一个人都没有。"张先生是店员，黄子文是练习生，都是睡在我这个房间里的，张先生进城去批货昨晚没有回来。从她的脸色和语意我知道她盼望我陪她去，我便直截了当地说：

"等一会儿我回来洗脸也是一样。那么我就陪你去看你爹爹罢。"

"好，谢谢你！"她满意了。但是她还站在窗下仰起头唤她母亲，问道：

"妈妈，我跟黎伯伯去看爹爹去，好吗？"

她母亲从楼上窗里露出上半身来，小弟弟还抱在怀里。她母亲温和地嘱咐道："好的，不过你要快点回来啊，你今天还要去上学，不要耽误了。"

"我晓得，我晓得。"她答应着就拉着我的手走了。

在路上她简单地告诉我这件事情的经过：楼下左边那家菜馆生火，煤烟冒上来，完全灌进隔壁房间里，连小弟弟也呛得哭了。利莎的父亲从窗里向楼下讲话，要那个茶房把炉子搬动一下，茶房不肯，就吵起来。她父亲把一盆还未用过的脸水朝炉子上倒下去，火灭了，茶房的身上也溅了水。茶房便拿了一把菜刀出来，说要杀她的父亲，把书店大门的门闩都砍落了。因此她害怕起来。

"你真傻，杀一个人，哪里有这样容易！你看你妈妈都不着急！"我半安慰半嘲笑地说，伸手在她的头上轻轻地敲了一下。

她不作声，脸红起来，不过看脸色，我知道她的恐惧已经渐渐地消失了。她仰起头看看我说："黎伯伯，你没有看见他刚才那种凶相，那个不讲理的茶房——"话没有讲完，我们已经到了警察分署的门前，她便住了嘴。

这分署也是将就用一家商店的旧址改修的。只有两扇铺门开着，却被一大群看热闹的人堵塞了。我站在门口，除了一堆人头外什么都看不见。小小的利莎几次踮起脚，伸长颈项，也没有用。

里面各种口音在讲话，中间也有她父亲的声音。声音似乎很清楚，但是我仔细听去，却又连一句话也听不出来。不过我知道她父亲不会吃亏，便安慰她说：

"利莎，回家罢。看情形不会有什么事了。你爹爹就要出来的。在这里久站也没有用处，你还要去上学。"

利莎看看我，露出了失望的眼光。她嗫嚅地说："就再等一会儿罢。"

我了解她这时的心情，便捏住她的手不再作声了。

不久她的父亲便从人丛中走出来。她看见他，马上扑过去，亲热地唤着："爹爹。"我的笔形容不出她脸上的欢喜的表情。

"你跑来做什么？你不去上学？"她父亲含笑地频频抚摩她的头发。

"我怕他们会欺负你。"利莎偎着父亲,两只手拖住他的膀子,偏起头仰望他,亲热地说。

"不会的,这不过是一件很小的事情。"朋友简短地回答,脸上浮出他常有的微笑。先前的怒气早已消散在九霄云外了。

在回家的途中朋友把交涉的经过对我说了。这次的交涉算是有了结果:署员吩咐茶房把炉子搬开。关于倒水的事,茶房要求赔偿,署员却说:"本来应该罚他五块钱,不过我已经申斥了他,他是读书人,受申斥比罚款还厉害,所以你也用不着再讲了。"这样就遣开了茶房。现在我们还可以听见茶房气愤地在后面乱骂,不过隔了十多步。我们走得并不快,他也不追上来。

"不对,不对,真正没有道理!"利莎愤愤不平地说,"爹爹,你没有一点错,怎么又怪你不是?"她又看看我说:"黎伯伯,我们再去讲去。"

"这不过是一句话,好在炉子的问题解决了。"她父亲还是满不在乎地跟她讲话,脸上依然带着和善的笑容。

我赞成利莎的话,不过我却模仿她父亲的调子回答道:"算了罢,再讲也讲不好的。现在且看炉子是不是会搬开。"

"这次一定搬开,不会再有问题了。"朋友满意地说。他对什么事都是乐观的。

我笑笑,也不讲别的话。

这天天气特别好，虽然山谷里还积着雾，但也显得十分稀薄。冬日的阳光温和地抚摩这条长长的镰刀形的马路。近来常常是愁眉苦脸的天空也开颜微笑了。我站在门前望着在屋檐上、在电线上快乐地唱歌的麻雀，又看看对面楼窗上的一抹金色阳光，我相当高兴。这时店两边炉子里和蒸笼里照常发散出一阵一阵的烟雾，但是我也不去注意这些了。

十点钟光景我在茶楼上听见堂倌说"挂球"，连忙到临街的窗前去看，果然街上有人在跑，一个人问："几个球？"一个人回答："当然是一个红球。"对面的几家商店纷纷在上铺板。

一个红球，这是预行警报了。所谓球便是红纸灯笼，这时它一定高高地挂在川康银行背后山坡上警报台的球杆上面。我用不着到那里去看明白，便付了茶钱拿起书走出了茶楼。

好些天没有警报了，今天雾很稀淡，敌机多半会来一趟，这样想着，我决定先到小学接利莎去。

小学在一条死巷里面。说是死巷也不恰当，因为在巷子的尽头虽是无路可走，却也有一片远景。这里算是高坡，坡下横着一片冬水田，斜对面坡上还有一所女子学校。作为小学校校址的古庙就是在女子学校的正对面。门前有两棵大黄桷树，也应当是年代久远的老树了。

我看见有些小学生陆续从里面走出来，便站在树下等候利莎，不久利莎挂着书包，一跳一跳地在大门口出现了，靠近她同她讲话的便是那个梳两根小辫子的秦家凤。她们只顾讲话，没有注意到我，我便高叫一声："利莎！"

两个头高高地抬起，两对眼光立刻射到我的脸上，两个人同时惊喜地叫出来："黎伯伯！"

她们跑到我身边，利莎高兴地拉住我的手问道："你站在这儿做什么？"

"我来接你们的，现在快走罢。"我说。

我们三个走出这条死巷子，秦家凤应该往右手边走了，便向我和利莎告辞，笑着点一个头，说："等会儿见。"利莎扬扬手回答她，多余地添一句："在防空洞里见。"

利莎一家人同秦家凤母女平常都躲在川康银行的防空洞里面，我也是。因此放了空袭警报以后我们还有机会看见秦家凤。

我和利莎向左手边走。书店就在眼前。铺板已经上好，两扇门还开着，利莎的母亲抱着孩子立在门口，对我们微笑，还问一句："是黎伯伯去接你的吗？"

"黎伯伯在学堂门口等我。"利莎得意地答道。她又向我央求说："黎伯伯，以后有警报你就来接我，好不好？"

"好的。"我爽快地回答她。忽然一辆从城里开出来的长途汽车飞也似的在我们面前跑过去了。车辆卷起大股的灰尘，在空中旋转。我们只好屏住气背转了身子。

"太太，都弄好了，就走吗？"那个矮胖的老妈子拖着两个大布包一拐一拐地走到门口，喘吁吁地说。

"王嫂，车子哪？还是把车子推去。等到空袭警报发了再走。"利莎的母亲看了看老妈子，就这样回答。

王嫂放下布包，又进去推出了那一架小孩坐的藤车。就在这时候空袭警报的汽笛声响了，声音不很清楚，但是挂在电杆上的警报钟又接着喤喤地响起来。

"空袭了！"利莎兴奋地嚷着。

"我们就走。"她母亲答道，又转身去看王嫂，王嫂把车子推了出来，我便帮她把布包放到车上去。

"爹爹呢？"利莎忽然问道。

"爹爹到大学上课去了，他会在那边躲的。"她母亲答道，又把左手里捏的三张白色卡片式的防空证向我递过来说，"还是让黎伯伯拿着防空证罢。"

书店两边的酒菜馆一直到这个时候都是十分热闹的，现在那里面起了一片闹声，客人们慌慌张张地跑出来。那个散放煤臭和烟雾的炭炉也闭上大嘴休息了。

我把利莎母女送进了川康银行，一个人坐在银行侧门外矮树下一块石头上面等候紧急警报。在这里我可以望见警报台上的灯笼，也看得见街中的行人。马路似乎安闲地睡去了，没有气息，没有尘土。寥寥几个穿黑制服的防护团团员寂寞地在岗位附近闲踱。四周很静。鸡鸣、雀噪和人语安详地在空中飘荡，显得特别响亮，特别清楚。

过了一阵，紧急警报还没有来。我坐得有点不耐烦了，便站起来。越过马路我望见山谷里还浮着一张疏疏的雾网，但已经被阳光穿破了。田、树、沟、屋全露在我的眼前，只是仿佛还被一层玻璃罩住了似的。田坎上有人影在摇晃，树下也显露出人影来。一些人站在公共防空洞洞口等待消息。

"黎伯伯，你还不进来！"利莎从川康银行侧门内探出头来唤我。侧门开着一扇，那个穿制服带手枪的行警还立在门外查看防空证。利莎把身子移到门边，靠在她肩上的还有另一个女孩的头，那自然是秦家凤的了。两双年轻的眼睛带笑地对我眨动。利莎又说："快进来罢。黎伯伯，你在等哪个人？"

她的话没有说完，我就听见凄厉的紧急警报声，这声音不知道是从什么地方来的，但是一瞬间整个山坡都响遍了。同时急促的钟声接连不停地敲起来。我仰头去看警报台：两个红球全落下了，剩着瘦长的球杆高耸在山坡上。

"黎伯伯，快进来，紧急啰！"秦家凤带点惊惶地催促道。

我进了门，行警也跟着进来，把门关上了。

利莎拉着我的手，往洞口走去。我问她："你妈妈呢？"

"妈妈她们下洞里去了。"

秦家凤还说："黎伯伯，我们进洞罢。进去晏了，会没有座位的。"

我把这两个孩子送下洞去,自己走上石级,在洞口立了一阵。

时间在静寂中过得很慢。忽然静止的空气开始动了,发动机的声音清晰地从天的一角发出来,声音逐渐增大,逐渐逼近,仿佛有一只巨大的魔手正向这个小镇伸过来似的。

"来了,来了。"有人发出这低微的惊呼,留在洞外的人一齐跑到洞口,鱼贯地走下洞去。

洞里点着洋烛,上下两旁都有木板,两排木凳上坐满了人。我走完石级把脚踏上地板,就听见利莎的声音:"黎伯伯,到这儿来坐。"我朝声音来的地方看去。利莎坐在她母亲的旁边,这时刚刚站起来,让座位给我。我便过去坐下了。利莎就靠在我的身上。她母亲怀里的小弟弟却已沉沉地酣睡了。秦家凤母女坐在我们的斜对面。

在洞里也还听得见机声,敌机就像是在我们的头顶上盘旋似的。没有一个人讲话。于是一声巨响打破了沉默,整个洞子微微地震动了一下。

"落弹了。"一个声音轻轻地说。

"大概就在磁器口。"另一个声音轻轻地回答。磁器口是附近另一个市镇,又是长途汽车的终点。我想被炸的多半是那个地方。

炸弹孔隆孔隆地落下,虽说是巨响,但是传到洞子里却只有轰轰的声音。洞子里空气跟着在震动,我的身子也微微地摇晃了两下。在这短短的时间内洞中静得像一座古庙,我连自己的怦怦心跳也听得十分清楚。

接着开始了静寂,放在我和对面座位之间的那根长板凳上,一支孤零零的洋烛发出摇曳的微光,烛泪流了一大摊,火快要烧到板凳了。有人着急地吩咐女工:"洋蜡烛,快点!"站在我膝前的利莎突然一口吹灭了火。那些暗黄色的面孔立刻消失在黑暗中。于是火闪似的亮起来手电筒的白光。

另一支洋烛点燃了。可怕的机声已经完全消去。代替它的是人们的谈话、咳嗽和笑声。有人移动身子往外面走。我闷得难受,也打算出去。我站起来,一只手还搭在利莎的肩上。她掉转头望着我轻轻地说:"我跟你出去。"

我牵着她的手走上二十多步石级,出了黑暗的洞穴。阳光使我差一点睁不开眼,但以后我也就习惯了。我昂起头畅快地呼吸几口新鲜的空气,我听见利莎自语似的在说:"到底是在外面舒服。"

"不要紧,敌机今天不会再来了。"我安慰她说。

一个人影从洞里闪出来,旧呢大衣盖着灰绒线衫和青裙子。这是秦家凤,她一边揉眼睛,一边唤着"利莎"。

"你也出来了?"利莎笑着问她。

"洞里太闷,我坐不下去。"她答道。她又嘟着嘴抱怨利莎：“你也不等我，就先出来了。”她把右手绕过利莎的后颈搭在利莎的右边肩头。

"我不晓得飞机走了没有走，所以不敢喊你出来。"利莎闪闪眼睛笑答道。

"那么你胆大。"秦家凤嘲笑地说。

我们靠着洞外石壁随便说了几句话。利莎又缠着要我讲个故事。我便把"能言树"的故事讲给她们听。

我刚刚讲了两段，警报台上又挂起了两个红球，现在是恢复空袭警报了。行警高兴地嚷着："休息球，休息球！"

从洞里陆续走出来一些人。利莎的母亲抱着酣睡的孩子出来了，秦家凤的母亲跟在后面。秦太太面孔显得苍老，身体瘦弱，手里拿着一根手杖，走完最后一级，跨过门就喘了两口气。

两个孩子都掉转头去看各人的母亲，利莎唤一声"妈妈"，秦家凤却只点头对她母亲笑笑。

"利莎，你又缠着黎伯伯讲故事了。"利莎的母亲带笑地说。

利莎笑笑，我接着往下讲。她们渐渐地被我的故事吸引住了。两个人都不瞬眼地望着我。我也兴奋地继续讲下去。可是不等我讲完，解除警报的长长的汽笛声又来打岔了。

王嫂扛着布包从洞里出来，看见利莎便说："利莎，回去啰。"

利莎含糊地答应一声,也不看她一眼。王嫂走到侧门旁边,把布包放到藤车上面。

两扇侧门大开,人们朝那里走去。两个孩子的母亲都走到门口了,还回过头来唤她们的女儿。我也不便久站在这个地方,便说:"走罢,我们回去再讲。"

利莎和秦家凤一边一个跟着我出来。街上满是携儿带女背包提箱的行人。有几家商店正在卸铺板。王嫂推着藤车在前面走。利莎的母亲抱着刚睡醒的孩子一边走,一边跟秦太太讲话。

走到横街口,秦太太应该转弯了,便站住等候秦家凤。我问这个女孩:"你跟你妈妈回去吗?"她不答话,却轻轻地跑过去,站在她母亲面前,央求似的讲了几句。

我不知道她在讲什么,不过我可以猜到她的意思。果然她站了片刻,望着她母亲点着手杖进入横街以后,便回到我们的身边来。

我带着两个孩子走回店里,别的人都回来了。为了喝开水,我们又走入楼上的房间。我第一眼便看见满桌满床的尘土。热水瓶仍然安全地立在方桌的一角。我拿起水瓶倒水,两个孩子便动手打扫灰尘。

我们三个人都喝了水。我在椅子上坐下来,让她们坐在床沿上,我继续讲"能言树"的故事:

"大树吸收了女孩的眼泪以后居然能够发声讲话了:

'……在大地上一切的人都是没有差别的。凡是把自己的幸福建筑在别人的痛苦上,用种种方法来维持自己的幸福,这样的人是不会活得长久的。连那二十二层的长生塔也会在一个早晨的工夫完全倒塌。只有年轻孩子的心才能够永远存在。'"

两对漆黑的大眼睛泪汪汪地望着我的脸。它们是那么明亮。

我继续转述大树的话:

"去罢,伴着你哥哥去罢。你的眼睛也可以做你哥哥的眼睛。他会用你的眼睛看见一切的。去罢,去帮助别人,同情别人,爱别人,这都是没有罪的。"

我自己在做荒唐的梦,还把两个孩子也引入了梦中。她们接连地眨动眼睛,静静地听着我讲完最后的一句。

小女孩扶着瞎眼的哥哥向着大路走去了。给我们留下这个陈设凌乱的房间。楼下又在叫喊了:"排骨面两碗。"接着是一辆卡车吵闹地跑过去。灰白色的煤烟开始从窗的缺口飘进来。

"怎么又有煤烟?"利莎揉着眼睛厌恶地说。

"楼下又在生火。真讨厌,总不管别人!"秦家凤气愤地说,她也在揉眼睛。

煤烟越来越多,很快地就把这个房间变成了雾海,我忍不住呛咳了两三声,只得同两个孩子逃到楼下去。

两个炉子依然放在原处,都冒着烟。左边酒菜馆里那个拿刀砍门的茶房躬着腰用火钩在掏炉桥,他好像并没有把炉子搬开的意思。

"你看,这就是你爹爹办的交涉。"我生气地说。

"不是说喊他们搬开吗?他们怎么又不听?"利莎惊奇不解地说。

"没有用,没有用!就是熏死也不过我们几个人。哪个肯真心来管这些闲事!"我恼怒地又发起牢骚来。

两个孩子自己很不满意这件事情,看见我也在生气,便不再讲话了。我们都站在店门口。我出神地望着人们接二连三地走进隔壁酒菜馆。

站在我身边的利莎忽然伸手轻轻地拉我的袖子,低声对我说:

"黎伯伯,我相信大树说的话。我要做一个那样的好孩子。"

我惊喜地掉过头看她,她的一双眼睛带着泪水发亮了。

我就像故事里的那棵大树一样,受到了小女孩的眼泪的润泽。我觉得内部起了一个大的震动,我似乎应该对她讲几句话,但是,我什么也讲不出,我紧紧地握着她的手,过了好一会儿,才挣出一句:"你真是个好孩子。"

秦家凤被利莎留在店里吃中饭,利莎差王嫂到秦家去通知,秦太太也就同意了。利莎今天待秦家凤特别亲热,秦家凤也是一样。但是到五点钟两个人终于恋恋不舍地分别了。

傍晚，利莎的父亲回家吃晚饭。他是从磁器口回来的。今天被炸的地点确实是磁器口。他去看过灾区，塌了三五间房子，伤了一个人，炸弹大半落在江里，可以说是没有大损失。

菜馆门前的炉子还在冒烟，我注意地一嗅，又闻到煤气，我忍不住向朋友发问：

"炉子为什么还没有搬开？"

"就要搬开的，这次他们一定搬。"他毫不在意地笑答道，脸上仍然带着乐观的表情。

"你对什么事都太乐观了。"我冷笑道，也就不再跟他谈这个问题了。

敏，我今晚上又给你写了这许多话，告诉你这许多琐碎事情。吃过晚饭后我就坐在楼上书桌前面续写这封信，那时电灯没有亮（不，这是亮了，又熄了），我点起一支洋烛，就靠着摇曳的昏黄烛光照亮我的笔迹。我伏在案上连头也不抬起地专心写着，我一直写到煤烟散尽，菜馆关门，写到四周寂然无声，电灯重燃，写到每家店铺灭灯睡去，我还没有停笔。

现在还是我一个人坐在书桌前面，四周都是鼾声。同房间的店员和练习生都睡熟了。在隔壁，朋友夫妇和利莎姐弟也睡得沉沉的。楼下马路上只有一片黑暗，偶尔闪起一股电筒光,响起一阵急促的脚步声。这声音显得多么空虚,很快地它又寂寞地消失在黑暗中了。夜披着它那黑黑的大氅在外面飞行,似乎要扑灭一切的亮光和暖热。寒气像一根蛇从我脚下慢慢地爬上来,它还在啮我的两腿,我感到一阵麻木,两只脚都冻僵了。

这时不过十二点钟,啊,连斜对面那家贸易行楼上的灯光也突然灭了!除了这个房间,似乎再没有光亮。整个街,整个小镇都静静地睡了。那么也让我放下笔跟你暂时告别罢。

二

敏,整整有十几天我没有给你写一个字。现在是午后,窗外下着蛛丝一般的小雨,我刚刚从外面回来。我是冒雨出去散步的,暗灰色的凄惨的天空低低压在我的头上,寒冷的雨丝浇不灭我那火似的热情。不知道为什么这几天我的忍耐又逼近了限度了。我整天关在房间里,只看见那些凌乱的陈设,那些烟,那些雾,那些煤臭,还有那接连的阴天,接连的细雨,和侵骨的寒气,好像我四周就只有那些东西。朋友们的通信也中断了,这些天里我就没有收到一张从外面来的字条,似乎友人们都忘记了我。今天吃中饭的时候,利莎的父亲谈到天天高涨的物价和米价,他又讲了些他的同事们的苦况，连他那永远带着乐观表情的脸上也皱紧眉头。他的妻子总是温和地讲话，不常笑，但更少给我们看见她的愁容。她是一个能干的主妇，常常用平静的心境和缜密的头脑处理困难事情。这个书店便是在她的主持下存在而且逐渐发展的。因此看见他们夫妇在一起的时候，我便会想：要是没有这位太太的事务才干与温和性情，我那朋友的乐观也就会有问题了。

我们也曾谈到炉子的事。

"怎么样？搬了没有？"我问道。

"没有办法。"朋友笑笑，摇头说，这次他自己认输了。

利莎在旁边扑嗤笑起来。在这个店里就只有她的脸上充满阳光，充满生气，充满天真的微笑。看见她这张明亮的脸，我觉得灰暗的天空好像开展了一些似的。

我把利莎送进了学校，又回到阴郁的天幕下面。雨继续在落，路上全是滑脚的水泥，在水泥上移动脚步是相当困难的。但是我不愿立刻回到书店里去。我觉得有一团火在我的胸膛里燃烧，我全身的骨头仿佛都落在油锅里受着熬煎，连脑子也烧得发烫。我整个头，整个脸都是火。我不能多用思想，我不能休息，我一直在细雨下面走了两个钟头。这其间像魅影似的在我的眼前出现了各色各类人的影子，我的耳边不停地响着各种各样的吱吱喳喳。"难道在这时候还不让我安静？"我气愤地想着，我的忍耐真的快到了限度了。

就在这时，我忽然又想到你，想到你从前说过的话，我才又勉强镇定了心，回到书店楼上来给你写信。

我写了这么一大段，利莎还没有放学回来，窗前仍旧挂着帘子似的雨丝。看见这好像永远下不完似的细雨，我又觉得火在心里上升了。笔还捏在我的手里，我应该再往下写些什么呢？

今天早晨我起得特别早，这是我昨晚想好了的抵抗煤烟的方法。我下床的时候，街后面雄鸡的叫声才消失不久。等到我洗完脸打开店门，天已经大亮。那时没有落雨，泥泞的马路上还不见一个行人。在附近三四家店门口，有人站着在扣衣服的钮子。我朝着往城里去的方向在马路上走了一阵，看见白茫茫的晨雾像一片浓烟包围着远近的山、田、道路和房屋，我自己仿佛踏进云雾中去一般。空气潮湿，沉重，而且还带着一种气味。寒气渐渐地穿透了我的衣服，好像有一只冰冷的大手在我的身上抚摩。但是我仍然毫不畏缩地向前走去。

忽然三辆沉重的黄包车带着呻吟般的辘辘声穿过浓雾迎面滚下斜坡来，车子上还放着简单的行李。车上人大概是到磁器口去搭船的。我等车子过去，又回转头看它们一眼，这么快它们就已经被浓雾吞食了。我看不出一点来痕和去路，想不到我自己就是从那白茫茫的一片中走过来的。

我走到镰刀形马路的尖端，对岸的景物隐约地出现了，那里可以说是刀柄,一个山谷隔在这两个高坡中间,现在都变成了雾海,迷迷茫茫,无垠无边,只见那乳白色的东西在翻腾,在滚动。对岸一棵树,一堆屋刚在我的眼前显露,立刻又被雾浪淹没了。我为了想看穿雾海,在这里站了许久,得到的却只是窒息。

我折回来,仍旧呼吸着重浊的雾气。我又走入正街,两旁的房屋渐渐地从雾海中浮现了。那些紧闭的店铺打开了门,一家跟随着一家,学徒、工友、火夫们忙着搬卸门板,整理橱窗。颜色和声音水似的流入街中,再缓缓地往马路的两端流去,或者集在正街的中心几家饮食店门前,或者拥挤在街旁那条作为菜市的死巷里,或者沿着镰刀形的马路流向远方。

书店门打开了,两旁的酒菜馆照常热闹地接待顾客,两个炭炉毫无顾忌地散放煤烟。蒸笼盖揭开,一阵水蒸气扑到书店门口,飞入楼上房间。两只粗壮的膀子伸到白雾笼罩的蒸笼旁边,端走了热气腾腾的一笼包饺。

在书店门口站了一阵,眼前流过去五颜六色,耳边响着各种不愉快的声音,我不知道这时候应该去到什么地方。我不愿走在马路上呼吸窒息人的雾气,更不愿坐在楼上让煤烟熏坏我。

利莎挟着书包出来了,两只小手插在青红色方格子呢大衣口袋里面,她带笑地说:"黎伯伯,你今天好早啊。"不等我回答，她又央求道："黎伯伯，你送我上学去好吗？"

我高兴地答应了，她给我找到一个去处，至少在利莎的身边，在小学校门口，我还可以在年轻的脸上看出明日的温暖来。

"让我给你拿书包。"我说着便伸过手去。

利莎看我一眼，笑了笑，默默地把书包递给我。

我们走入那条通小学校的巷子，利莎忽然问我道：

"黎伯伯，你为什么这两天总是愁眉苦脸的？你心里头有什么不高兴的事情？"

我吃了一惊，这个孩子居然像大人一样地讲话，而且像大人一样地猜到了我的心事。但我还是摇摇头否认道：

"没有，没有什么，你不要乱讲。"

"我看得出来，我看得出来。我记得你才来头两个月一天总是有说有笑的。"利莎固执地说，脸上还带着她那发光似的微笑。

"这两天闷得很。"我解释地答道。我知道这个回答不会使她满意。但是从后面送过来秦家凤的声音："利莎。"利莎连忙回过头去。

秦家凤跑到利莎面前，向我唤一声"黎伯伯"，就亲热地挽起利莎的膀子往前走了，两张年轻的脸上笼罩着喜悦的光辉。

转弯便是小学校，我听见秦家凤在说："我跟妈妈讲好,明早晨请你到我们家里吃面。"明天是星期日,她们不到学校去。

我们走到学校门口,好些男孩子在门檐下玩。我把书包交还给利莎,她除了向我道谢外,还说:"黎伯伯,回去要高高兴兴啊。"她笑着对我闪闪眼睛,摇摇手,秦家凤也对我一挥手,然后把手搭在利莎的肩上,两个人走进门内去了。

我留恋地在大树下面站了好一阵。我觉得这个小小的古庙里充满着阳光和温暖。但是在外面,针似的细雨开始飘落下来。孩子们都进到课堂中去了。庙门口是静静的,空空的。我淋着雨慢慢地走回家去。……

我写到这里,天色又黯淡了,我听见利莎的声音在楼下讲话,还有她母亲的声音,她父亲的声音。

啊,利莎在下面唤我,她父亲也在唤我,我应该搁笔到楼下去。

今天傍晚得到林的一封信,他问我一件事情。晚上我写了一张信纸回答他。我封好信,自己拿出去投到邮筒里,回来看见书桌前电灯十分明亮,砚台中还有余墨,便拿出写给你的那一叠稿纸往下再写。

今天吃晚饭的时候,在饭桌上听见利莎和她父亲谈论送礼的事,才知道明天是秦家凤的生日。利莎要到秦家去玩,准备把礼物也带去。

说到礼物，她父母提出几件东西，利莎都不赞成。她固执地要送一件红绒线衫和一本照片册。照片册书店里有。红绒线衫在斜对面百货商店橱窗里面放了好久。她说秦家凤就喜欢这两样东西，想了许久，都不能到手。秦先生在城里做事，对家庭并不关心，也不大喜欢他的女儿。

"不管。我自己出钱买绒线衫，妈妈给我照片册。"利莎撒娇地说。

她父亲笑起来。她母亲也笑了，母亲说："你倒说得爽快。你晓得照片册卖多少钱一本？"

"三十五块钱，我问过黄子文的。横竖是我们自己店里头的东西，又不要妈妈另外花钱。秦家凤喜欢它，还是送给她好。横竖妈妈用不着，也卖不出去。"利莎理直气壮地答道。

"你倒会讲话。好，就算我把照片册送给你罢。不过绒线衫却要你自己出钱去买啊。"她母亲温和地带笑说。

"我不是还有两百块钱存在妈妈那儿吗？上回送爹爹围巾不过花了三十多块钱。下个月黎伯伯过生日，我也要买条围巾送他。"利莎兴高采烈地说。

"不用你花钱了，我替你出钱罢，你妈妈买一样，我也买一样。"她父亲和蔼地说。

"那么我也买一样。"我插嘴说。

"都不要，都不要，"利莎摇摇头满意地说，"我只要妈妈给我照片册。别的东西我自己买。我送礼，总要自己拿出点钱来才算是真心送。秦家凤说过，她请我吃面，也是她自己出钱。"

"就让她这样罢，她讲得也有道理，"她母亲对她父亲说，"她倒是个实心的人。"

"好，妈妈答应了。"利莎放下碗站起来快乐地说。她跟着刚才离开饭桌的练习生走到柜台前面："黄子文，把照片册拿给我。"

"像她这样年纪倒好，一天总是高高兴兴的。我就是生气的时候，看见她一脸笑容，立刻气也没有了。"她母亲感慨似的说，眼光随着女儿移到柜台，声音里泄露出母亲的慈爱。

我没有多讲话。我想到她口中的那条围巾，有一天会作为我寂寞的生日的礼物送来的那条围巾，我眼前突然明亮起来，我感激地微笑了。

敏，单是为了那句简单的话，你说我不应该怀着感激的心微笑么？

三

发出了两封长信，我始终没有得到你一个字的回答。

敏，我不明白为什么你一度出现之后又突然隐去了呢？为什么你得到我的消息之后又开始沉默呢？难道我那些信函都被误投在大海里面，不曾有一张纸片到达你手边？或者因为我曾经忘记过你，你现在用"沉默"来作为报复？还是等不到我的回信，你就因新的使命奔跑到另一个地方？这都是可能的。而且我还有更多的揣想，它们也都是可能的。……

然而不管这一切，我今天还是在书桌前面坐下来给你写信，这应该是我的第三封信了。

今天是我的生日。这个你不会记得的，其实要不是我那朋友（利莎的父亲）时常提起，连我自己也会把它忘记了。我计算起来这些年中间我就只记住一个生日，在那天和四五个熟朋友在上海一家广东菜馆里吃过一顿饭，还喝了几杯酒，但那也是七年前的事情了。

今天我却十分快乐。早晨起来，在枕头旁边我发现了一个纸包，上面写着这样的十二个字："利莎送给黎伯伯的生日礼物"，纸包里面整整齐齐地放着一条捷克制的毛织围巾。利莎已经到学校里去了。

我把围巾缠在颈项上，我感到异常地温暖，我又一次接触到善良的小小心灵，分得一点它的亮光与热气。我多日来的心上的阴影都给这一点光和热驱散了。我吃过早点就高兴地拿着书到茶楼上去。

茶楼仍然是很空阔的。我还是拣了那张坐惯了的茶桌，堂倌照常过来泡茶。光头微须的矮胖子按照往常的习惯上楼来坐了一阵，黄脸的丫头照例走下楼讨开水，跟堂倌讲笑话。这些跟我不发生一点关系。我的心上没有云翳。我看书看得很快，今天连这个楼厅也显得特别明亮了。

我的心完全跟着书中的字句在跳动，我忘记注意时间的早迟。后来连堂倌也到三层楼上去了。这样一个大的厅子里就只有我一个人。我仍然把头埋在书上，直到意外地利莎的笑声响在我的耳边，我才抬起脸来。

又是利莎和秦家凤两个孩子。秦家凤仍然穿着那件新的红绒线衫。利莎的眼光定在我的围巾上面，她笑着嚷道："黎伯伯，拜生啊！"

"黎伯伯，拜生，拜生！太用功啰，过生也该耍一天嘛！"秦家凤一面点头招呼，一面笑说道，她点头点得相当深，有点像在鞠躬。

"不要吵，好好地坐下来，我请你们吃茶。"我阖上书笑着说。

"不要坐了。我们来请你回去吃面，爹爹妈妈都在等你。"利莎说着就把我放在桌上的书拿起来，她故意催促，"黎伯伯，快走，快走。"

"黎伯伯，你茶钱给了吗？"秦家凤插嘴问道。

"没有，所以我还不能就走。"我答道，我想到底是秦家凤年纪大一点，更细心。

"不要紧，下回来给也是一样，不晓得堂倌跑到哪儿去了。"利莎还在催我。

"等他一下罢。"我迟疑地说。

"利莎，你替黎伯伯大声喊声堂倌，看他来不来。"秦家凤想出主意，对利莎说。利莎果然大声叫了两下："堂倌。"

堂倌冬冬地从三楼跑下来。我瞥见他的影子，就把四张一角的票子丢在桌上，跟着这两个小女孩走了。

店里放着一张小小圆桌，桌上摆满了菜，是利莎的母亲亲手做的。秦家凤的母亲也来了。大家就了座，热热闹闹地吃了一顿面。我还陪着利莎的父亲喝了两杯大曲。他的酒量相当大，今天他喝得不少，酒意已经上了脸，他还不肯放下杯子。他平时讲话不多，现在却滔滔不绝地谈起来。他对我叙述他几年来的遭遇，这里面也有不少的牢骚。沉默的罐子打破了，心里的一切水似的全流出来。他的太太几次暗示要他闭上嘴，他反而讲得更多，而且更加用力讲话。他忽然把酒杯往桌上一放，顺势拍了一下桌面，大声说：

"我在外国住了八年，回国来在大学教书也教了五年了，养一个太太两个孩子都养不了，还要靠开书铺来维持生活，这真是笑话。怪不得我那班同学都改了行。"

虽然还是牢骚话，但他却是带笑说出来的。他的太太在旁边急得没有办法，只好用抱怨的语调对秦太太解释道："你看，他今天真是吃醉了，自己也不晓得在讲些什么。"利莎和秦家凤时而望着他抿嘴在笑,时而唧唧哝哝地讲许多话。

"我今天才没有醉,我说的都是真话,没有一句假的。你不懂,你完全不懂。"朋友摇摇头着急地说,甚至在这时候笑容也还没有离开他的发红的脸。他太太笑笑,不再向他答话了。她看见我们都吃了饭,便上楼去提了一篮鲜红的橘子下来。

敏,利莎的父亲就是一个这样的人,一个实心的人。他自己说他永远乐观。的确,甚至在应该动气的时候,他也带着笑容。他可以忍受任何不公平的待遇,他也可以在任何困难的环境里设法为自己找一个正当的出路。他不灰心,也不想投机取巧。他只是安安稳稳地一步一步走那人生的道路。林常常开玩笑地称他作"我们的良好的公民"。

"不过话又说回来,慢慢来,能够忍耐一点,正当地做事,也不见得没有办法。你们看炉子不是搬开了?我说一定会搬开,现在果然就搬开了。"他得意地笑着说,又喝干一杯酒,自己摆摆手说,"不吃了,不吃了。"

利莎正在剥橘子,就剥好一个递到他的手里,笑着说:"那么吃个橘子。"

我听见他谈炉子的事,忍不住扑嗤一声笑了出来。

他接到橘子,望着利莎,称赞一句:"这真是我的好女儿,晓得给爹爹剥橘子。"他听见我的笑声,便回过头来问我:"你在笑什么?"

"炉子不能说是搬开了,右边的一家还会开门的。"我笑着反驳道。

"不过左边的一家总搬了。"他说。

"但这并不是你交涉的结果,还是人家关了门把铺子顶出去的。"

"那又有什么关系?只要我们闻不到煤烟就行了。横竖是一样的。我们交涉的目的也就是这一点,你说对不对?"他满意地辩道。

我无话可说了,我知道跟他这样辩论下去,是不会得到结论的。我自然不赞成他的意见。不过我明白这差异是从两个人的不同的生活态度上来的,我不能说服他,同样他也不能说服我。但我们仍然是很好的朋友。

然而他也有他的道理。事实上我们已经有四天没有嗅到煤烟了。右边的一家酒菜馆因为管账的亏空了钱带着一个股东的妻子逃走了,现在还关着门在整理内部。左边的一家说是因为股东们闹意见便停业把铺子顶给了一家卖杂货的,如今正在装修门面。左边一只炭炉早没有了,右边的一只空空地立在关着的铺门外面,代替它昔时的威风的便是今日的寂寞。

我们接连过了四个比较安适的日子,连呼吸也畅快了许多。今天又是一个难得的晴天,吃完橘子,利莎和秦家凤还为我的生日唱了几首歌。所以我非常高兴。

　　写到这里，我耳边还仿佛响着利莎的铃子似的歌声。寒夜骑着风帚呼呼地在外面飞行，连墙壁也冻得发出来低声呻吟，但我的心却是很暖热的。写到这里，我不觉快乐地微笑了。

　　敏，我愿意你知道我这快乐的心情，还希望你也受到它的传染。的确，年轻的我们应该永远保持着快乐的心情啊。

四

　　敏，我的畏友，请原谅我长久的沉默。我早就说过我急切地盼望着你的来信，可是你的长篇的信函到了我手边这么久，我却不能够坐在书桌前给你写一张稿纸的回答。你很容易猜到这是什么原因？这一次我是给病抓住了。

　　我的病是在生日后第三天开始的，起初是四肢发软，后来发冷，以后又发烧。冷起来时，虽然盖上三幅厚被，我也禁不住要在床上打颤，连牙齿也抖个不停。烧起来时我不知道自己躺在什么地方，只是迷迷糊糊地接连做着可怕的梦：自己杀人或者就要被人杀害，或者陷在火烧的房屋里面，或者看见炸弹当头落下，还有许多许多我现在记不起来的景象。烧得最厉害的时候，就像一团火在我的脸上熏，我不得不大声呼喊来发散热气，我不知道自己叫些什么。据听见的人说我的声音并不大，我接连地说了许多话，他们也不告诉我是关于哪一类的事情，只说听不出来我的含糊的呓语。

利莎的嘴在我面前是不会保持沉默的。在我头脑清醒热度减退的时候，她会絮絮对我讲说许多事情，她见到的，听到的，或者别的有趣味的事。有时她也会模仿我的声音重说一两句我那些呓语，或者忍住笑对我描绘我病中的情形。有一次她说听见我连续叫了几声"我不怕"，却不知含着什么意思。我自然无法给她一个回答，就只好让她时时学着说"我不怕"来嘲笑我。

要是没有利莎这个孩子和她的小姐姐秦家凤，我在病中一定是很寂寞的，或者我的病甚至不会好也说不定，即使病好，也会好得更慢。是她们支持了我的精神，使我能够忍耐这么长久。她们的天真的笑和好心的话便是我这个病人所需要的阳光和温暖。

两个孩子每天放学后便一起来看我。在寒假中短短的休息日子里她们两个每天总要在我的房间里度过一个上午或者一个下半天，秦家凤来时多半在下午，有时候还带着课本来，倘使我闭着眼沉沉地睡去，她们就坐在我的书桌前面温习功课。她们有时不发一声，有时唧唧哝哝，但是决没有做过什么响动来妨害我的睡眠。记得有一次我从噩梦中醒来，心还因为悲痛和恐怖战栗，我不知道眼前究竟是梦是真。我移动眼光，我忽然发见书桌上两个女孩的头靠在一起，吃吃地小声笑着。我吐了一口气，两张年轻的脸立刻掉向我，笑容还未消散，就像两朵迎着朝阳开放的花，还带了晶莹的露珠，那就是明亮的眼睛了。我的心立刻镇定下来。我听见两声亲热的唤声"黎伯伯"，两个孩子马上跑到我的床前，鸟叫似的争着跟我讲话。

我还听见利莎的母亲说，在我发着高热、昏迷地说着呓语的时候，两个孩子就静静地立在我的床前眼泪汪汪地望着我，或者惊惶失措地到楼下去逼着利莎的母亲三番四次地请医生。袁太太对我说这话的时候，两个孩子都在我面前，利莎大声分辩，秦家凤笑着，不好意思地埋下头。我只是微笑，我的眼光轮流地在两个小女孩的脸上打转，我没有作声，我不知道应该讲什么话才好。

我的病终于有了转机，渐渐地好起来，热度也逐渐在减退。在这中间春天来拜访这个小镇了。我躺在病床上也可以闻到春天的气息。从窗外吹进来的微风，从涂抹在玻璃窗上的阳光，从两个孩子以及别人身上穿的衣服，我也可以看到春天的影子。我也在减少我的衣服和被褥，同时仿佛我身体的重量也跟着在减轻。我可以下床坐一些时候了，我也可以在房间里慢慢地走上二三十步。

有一天两个孩子给我带来了一把小花，青青的细叶衬托着黄色和白色的小小花朵，每朵花都欣欣然昂着头，仿佛还在呼吸新鲜的田野空气。感谢这两个孩子的好心，春天被带到我的房里来了。我一把接过这不知名的野花，就拿来放在眼睛下看，鼻端上闻，我默默地闻了许久，这种带着泥土味的清香似乎慢慢地沁入我的全身，我觉得全个身子都颤抖起来，好像被一种力量在摇撼着似的。

"利莎，你看，黎伯伯拿着花，就像蜂子叮住花一样。"秦家凤在旁边抿嘴笑道。

利莎也笑起来，她抓住秦家凤的手答道："你不是说害病的人爱花吗？真不错。"她又对我说："黎伯伯，你这样爱花，我们每天都给你摘点来，好不好？"

"好。"我只能吐出这一个字。我说不出我这时的感情，不过我知道我的活力渐渐地在恢复了。

利莎真的常常给我摘花来，花的种类也渐渐地加多。天气一天一天地暖和，那一片白茫茫的雾海也逐渐地干枯了。早晨醒在床上我看见金色阳光在窗外荡漾，还听见麻雀群在房檐上愉快地唱歌。楼下右边那家酒菜馆换了老板，经过一番装修以后不再卖包饺了，连炉子也搬进厨房里面，我立在窗前不会再受到煤烟的围攻了。

在我的病中，只有过一次警报，但是没有发紧急警报就解除了。我没有离开书店，而且也不想动一下。这天利莎的父亲在学校里面，母亲抱着孩子躲防空洞去了。利莎一定要留着陪我，她母亲还叫黄子文（那个十九岁的练习生）留下，准备等紧急警报发出后扶我到书店背后那个公共防空洞去。

"利莎，你为什么不去躲？你不害怕？"我感激地问她。

"黎伯伯，你不害怕，我也不害怕。"她笑着回答我。

"今天不会来的，雾罩还没有散完。"黄子文很有把握地插嘴说，自从上次炸了磁器口以后，敌机就不曾来过一次。

"要不来才好，省得黎伯伯跑一趟。"利莎担心地说。

四周异常静。空袭警报发出了大约二十分钟，市声完全停止，窗下马路上连防护团团员的脚步声也寂然了。我望着这张可爱的小小面孔，心里没有丝毫的恐惧。

利莎看见我不讲话，还以为我心里害怕，便安慰似的对我说："黎伯伯，你不要害怕，我给你讲个故事。"她真的把她从老师那里听来的故事讲给我听了。故事很简短，她刚刚讲完，警报就解除了，她高兴得拍手欢叫："黎伯伯，不要紧了。"

我的病刚好时，还遇到一次警报，这回我是躲了的。但是紧急警报发出以后，敌机并没有到市空来，大约过了一个小时才听见解除警报。

这以后便是接连的阴天、雨天。空气相当沉闷，天空永远盖着那么多的愁云。但是在这个小镇的四周，万物都在发育生长，欣欣向荣。前两日雨后初晴，我沿着通磁器口的马路散步，路旁山田里油菜花开了，一片黄亮亮、绿油油的颜色十分悦目。小蝴蝶成群结队展开雪白的翅膀在田上自由飞舞。田畔几棵老树也披上了新衣。在这充满生机的气氛中，我的健康很快地就恢复过来了。

昨夜我还出去看了跟我相别已久的蓝空明月。山谷同田里大片的菜花朦胧地横在月光下面，远处几座山若隐若现，仿佛是淡墨色的画。对岸几点灯光又像停泊在港口中的轮船的电灯。裹在我身上的一件秋大衣抵不住春夜的寒气，我便匆匆地回来。我走到店门口，遇着利莎的父亲，他关心地捏捏我的膀子，叮嘱道："晚上少出去啊，受了凉又会病倒的。"

我感谢他，但是我得意地昂头说："不要紧，我不再生病了。"

现在我从面前一叠稿纸上抬起了头，窗前马路中正摊开一片清凉的月色，又是一个静寂的月夜。寒气一阵一阵地从窗洞飘进来。

敏，我也应该搁笔了。不过我告诉你：我现在过得很好。不，我应该说，现在我的心境很平静，现在我很高兴。你不要再为我担心。我还告诉你：六天以后便是利莎的生日，她的父母答应她请秦家凤到店里来吃面，自然也请我，我还准备了一件礼物在那天送给她。

五

敏,这封信对你是一个意外,对我更是一个意外。我五天前万想不到接着就要给你写这样的一封信。昨夜我提起笔来,想向你报告一个消息,但是糟蹋了十多张纸,我还写不出一段可以叫人理解的字句。今晚窗外是细雨迷蒙的暮春的凄清的夜,从几处被损毁的屋瓦的洞隙中,经过了天花板,漏下断续的雨滴,它们给我带来更多的寒意。从窗洞望出去,整个正街仿佛都落在酣睡中,黑夜抚慰着那些疲劳的灵魂。隔壁房内没有灯光,先前还在床上呜呜地抽泣的利莎的声音也寂然了。我的房间里则是一片鼾声,不知道为什么张先生和黄子文两人的鼾声今晚上显得特别重浊。我静静地坐在书桌前面。回忆凝成一块铁,重重地压在我的头上;思念细得像一根针,不断地刺着我的心;血像一层雾在我的想象中升上来,现在连电灯光也带上猩红的颜色。我无处逃避。一闭上眼,我就会看见那只泥土裹紧的腿,和一个小女孩的面颜。我不能在梦里找寻安静,我只有求助于笔,让它帮助我减轻痛苦。

昨天发过警报,而且出乎大家意外地来了敌机,数目是二十七架,在城内和四郊投下不少的炸弹。这是今年的第一次轰炸,却又是如此厉害,连我们这个小镇也不能幸免!

炸弹在这个小镇的上空刷刷地落下时，我和利莎一家人正在川康银行的防空洞里。我们听见飞机盘旋声，听见炸弹下落声，然后便是两三下震撼山岳似的霹雳巨响，一阵风灌进洞来，把立在板凳上的洋烛打落在地上灭了。洞子摇晃了两下，才稳住不动。利莎的母亲怀里的孩子吓得大声哭起来。

在那极短的时间里，我仿佛头上中了一个铁锤，把全身打得粉碎，然后才慢慢地聚合拢来。孩子的哭声被母亲的奶头塞住了。我举目四顾，眼前只有黑暗。我注意倾听，静寂中隐约听见细微的机声。但是这机声也被静寂吞食了。

于是人们像从噩梦中醒过来似的开始吐出了两三句简单的话。我听见利莎担心地自言自语：

"秦姐姐不晓得躲在哪儿？不晓得她们进城没有？"关于"秦姐姐"的话，利莎先前就讲了许多。这天秦太太母女没有到防空洞来，不过利莎知道秦家凤要跟着母亲进城去看父亲，只是她还不能确定她们究竟动身没有。秦家凤的父亲我没有见过，但听见袁太太说，那是一个脾气暴躁的人，近来跟太太处得很不好，他在城里还有一个年轻的女朋友。最近他们夫妇为这个女朋友吵过几次架，袁太太也对我讲过了。

"你不要担心，她们一定在城里躲防空洞的。"我知道利莎为这件事情不安，便安慰她道。我这时没有想到书店，也不敢想到书店和我那个好心朋友的仅有的财产。

"你这个孩子心肠倒好,自己的家说不定全光了,你却只担心你小朋友的事情。"利莎的父亲带笑地插嘴说,他笑得似乎有点勉强。

"一定完了,今天炸掉的地方恐怕不少。"利莎的母亲接着说,声音里略带一点焦虑。

利莎默默地捏住我的手,我觉得她的手在微微地颤动。

听见解除警报的长长的汽笛声,她也不笑,脸上还是挂着愁云,好像她丢失了重要东西似的。我拉着她的手急急地走出了银行的侧门,这时还不到下午一点钟。

人们张皇地在马路上乱跑。我一直望过去,前面正街中凌乱地横着大堆木片、砖块和尘土,左边四五家店铺的楼房全倒塌了,另外的两三家被揭去了屋瓦,剩着半倾圮的木架子。右边的房屋似乎还是完好的,我再注意地往那边看,我希望看到书店的楼房,但是街道渐渐在转弯,而且一阵黄沙似的在阳光中飞扬弥漫的尘土遮住了我的眼睛。

我们加快脚步往前面走。几个提着小皮箱或者布包的人气咻咻地迎面跑过来,口里嚷着:"前面走不通,要绕弯。"他们并不认识我们,却像熟朋友似的对我们讲话,并且报告了被炸的商店的名字。

"利莎,不要往前走了,我们从后面绕过去。"袁太太在后面吩咐道。

"我跟黎伯伯一路走。"利莎转过头回答了她的母亲。她又对我低声说:"黎伯伯,我们先到秦家去看看。"她的手微微地抖着。

"好。"我点头答道。我不能说别的话,我的心也跳得很厉害。我同情地看她的脸,脸上全是阴云,显得非常黯淡,我触到她那带着焦虑的眼光,利莎的脸从来不是这样的!我痛苦地轻轻唤一声:"利莎。"她抬起头央求似的问我:"黎伯伯,她们该不会在家里罢?"

"不会的!不会的!"我坚决地说,我的确相信秦家凤母女进城去了。

转眼便是横街,前面显得异常拥挤,我不知道一大群人在那里做什么。但是我猜得到前面出了什么事情。

"完啰,完啰。"聪明的利莎喃喃说。

我看清楚了:在街的右边高坡上,一排三幢相当精致的平屋现在变成了一大堆瓦砾和一个大土坑,人们就站在坡上坑边挖掘。

利莎丢了我的手疯狂地往前面跑去。我跟着她跑。我们也不管撞到什么人,只求立刻跑上坡去。这时利莎的意志竟然变成了我的意志。我们虽然挤出一身汗通过了人丛中,但是没有达到高坡,我们就被防护团团员拦住了。

利莎说了几句话,没有用,谁都不能够上坡去看,许多人都被拦在下边。利莎还要往前面走,她也把我拉着往前面走。另一个防护团团员跑过来对我打招呼,他便是茶楼的黑脸堂倌。他一面做出拦阻的姿势,一面说:"不好过去,有人埋在里头。"

我打了一个冷噤。我听见利莎接连地问:"好多人?是哪家的?挖出来没有?"

"多半三几个罢,我也说不清是哪家的。"黑脸堂倌含糊地答道。他掉头朝坡上看了看,不大关心地说:"多半就是中间那一家,听说那家有个太太,还有个小姐。"

"不会的!不会的!不是那一家!"利莎生气似的辩驳道。

"不相信,你等会儿自家看罢。"堂倌淡淡地说。我连忙对他示意,叫他不要再往下讲。

利莎板着脸孔掉头四顾,忽然惊喜地叫起来:"秦伯伯!秦伯伯!"我随着她的手指望去。一个穿西装的人向着我们这面慌张地跑过来,有一张戴着眼镜的瘦脸。他果然是秦家凤的父亲。

为什么是他一个人?难道她们走在后面?

利莎跑着迎上去问道:"秦伯伯,秦伯母和秦姐姐哪?她们在哪儿?"

"我一个人先跑出来的,我怎么晓得她们在哪儿?"他脸色惨白,睁大眼睛,吵架一般地答道。他不理利莎,也不管前面的防护团团员,就拔步继续跑过去,似乎打算一口气冲上高坡。别人拦住他,他便大声叫:"这是我自己的家,我要去找我家里的人啊!"这不是叫嚷,倒像是哭号。

"黎伯伯。"利莎刚吐出这三个字,就"哇"的一声,靠在我胸前伤心地哭起来。

我扳起她的脸,慢慢地给她揩干眼泪。我无可奈何地叹了一口气,低声对她说:"回去罢,妈妈他们在等你。"她让我牵着她的手默默地跟着我走回家去。

秦先生还在用他的哭号似的声音跟防护团团员讲话,那声音一直追着我们出了横街。

到了家。书店完好如前,铺板全未卸下,只开着两扇门。利莎的父母站在门口讲话,听见我报告的消息以后,两个都改变脸色不作声了。

利莎还在抽泣,我便带她到楼上去。我听见她母亲在后面说:"不怪利莎,她跟秦家凤那么要好。"我觉得鼻子一阵酸,眼泪马上淌了出来。

我的房间也还是完好的,不过窗上剩余的玻璃全没有了。我想,这个房间一定由别人(不是张先生,便是黄子文,或者是王嫂)打扫过了。

一进屋,利莎就扑到床上去,呜呜地哭起来。我费了许多唇舌,才把她劝住。我还向她解释:秦家凤母女或者躲到别处去了,她们没有理由坐在家里等候炸弹,利莎渐渐地相信起我这番话来。

但是吃中饭的时候（这天我们在下午四点多钟才吃中饭），利莎的父亲回来说，挖出了两具尸首，都是女尸，一大一小，无疑的是秦家凤母女了。然而我那个朋友又不肯断定是谁的尸首，他说面貌认不出，他远远地也看不清楚。

利莎听见这个消息便不肯吃饭，一定要我陪她再到灾区去。我们又走到高坡下面。

人们还在坡上挖掘。坡下站着一大群连声嗟叹的旁观者，挡住了我们的视线。我们费力挤到前面去。但是，除了一个坑，一堆瓦，一堆木片外，我看不见什么，我的眼光找不到那两具女尸。

"黎伯伯，"利莎痛苦地唤道，她又用低到几乎听不见的声音问一句，"她们在哪儿？"

我捏紧她那只微微发颤的手，轻轻地回答道："我也看不见。"

但是我听见旁边一个女人的口音说："那儿不是？席子盖住的！挖出来还是两母女紧紧抱在一起，鼻子嘴巴都是血！"

"在哪儿？在哪儿？我怎么看不到？"这是一个年轻男人的声音。

"你眼睛又没瞎，连这点儿都看不见！那儿，那儿，树子底下，席子盖住的，还有只脚露出来。"那个穿蓝布衫的三十左右的妇人吵闹地大声说。

我真想打她一个嘴巴。我又想把利莎的两耳蒙住。可是我并不曾动手,却跟着她那根粗肥的手指朝高坡的另一端望去。那里横着一条下坡的路,原先有一棵枝叶繁茂的大树长在路旁,现在树上只剩下几根光秃的空枝,连路旁的青草也被铲去了一大片。就在这棵树下连接地摊开两张草席,一只小小的带泥的腿静静地伸在外面。

"黎伯伯,不会的,不会的!"利莎的带哭的声音又在我的耳边响起来。这不是我熟习的声音,但是我听出来在那么多、那么浓的绝望中还有一丝一线的希望。

"利莎,你看,秦伯伯不是在那儿吗?"我低声说。我掉开眼睛,不敢看这张小小的脸,我现在用一句话就把她的希望完全毁灭了。

席子旁边立着三四个人,秦家凤的父亲埋着头好像在那里痛哭。一切的疑惑都是多余的了,死吞食了那个垂着双辫的瓜子脸的小姑娘和那个瘦弱的中年妇人。

停了半晌利莎忽然爆发似的说:"秦伯伯,就是他,就是他害她们的!秦姐姐说过她爹爹专欺负她妈妈……"她说不下去,就呜呜地哭起来。

"这次不是他,是日本军人害了她们的。"我解释地说。她不回答,却只是哭着,过了半晌,我又说一句:"还是回去罢。"我忍住眼泪,牵着她的手慢慢地走回家去。

走出横街,她便止住哭声,一面抽噎,一面揩眼睛。忽然她仰起头认真地问我道：

"黎伯伯，我们是不是在做梦？"

这句问话使我感到惊奇，但是看见她那泪痕狼藉的脸上的庄重表情，我只能够温和地回答她：

"利莎，我们是在做梦。"

她不作声，似乎得到了一点安慰。然而过了片刻，她又带起责备的调子对我说：

"黎伯伯，你骗我！你骗我！"这次又是一阵抽噎阻止了以后的话。

敏，你不会了解我这时的心情。我真愿意我能够做一个大骗子，把她哄得收了泪笑起来。就让她以后骂死我，我也甘心。但是我可以从什么地方学到这样的骗术呢？

"利莎，不要哭了，多哭也是没有用的，"我低声劝道，"你把我的眼泪也哭出来了。"我真的淌出了泪水。这次我们是绕道回家，现在走下斜坡到了田坎上了。

"我要……我的……秦姐姐……我……要……我……秦……姐姐，"利莎伤心地哭道，接着又是一句，"你把她……还给……我。"她看见我不作声，又说："我不管，我要你还，我要你还！"

"我还你好了。"我无可奈何地随便答了一句。

"我要你现在就还，就在现在！"她赌气地说。

我还是答应一个"好"字。

她走了两步,忽然又哭起来说:"假的,假的,你骗我!"

我咬紧牙齿不作声。我不知道应该说什么话,应该做什么事。我只希望夜早点来,让这个孩子在梦里得到一点安宁,让我的心也得到一点平静。天色突然暗起来,太阳落到天外去了。

我们走上野草丛生的土坡,踏着由行人的脚步踏出来的窄路。利莎的哭声停止了。她忽然弯下身子,连根拔起一棵叶子粗大颜色碧绿的草,捏在手里,出神凝视。我猜想她大概找事情来分心罢,便不去打岔她。

"黎伯伯,这是什么草?"她拿着草向我问道。

"这是野草,我叫不出它的名字。"我顺口答道。

"我要带它回去,拿针刺出手指头的血来培养它。"她庄重地自语道。

"这种野草?有什么用?"我惊奇地问道。

"那么这不是还魂草了。"她失望地说,马上把草丢在地下,愤恨地用脚踏它。然后她抬起头央求我:

"黎伯伯,你给我找一根还魂草来,我会培养它,要我流多少血,我都不怕。"

她的脸颊上还留着泪痕,两只眼睛哭得红肿了。

"利莎,我讲的是故事。还魂草本来就没有的,你不要多想了。我心里也很难过。"我痛苦地说。

她挨近我,把我的一只手紧紧地捏住,停了一下,才说:"我晓得这是假的。什么都是假的。秦姐姐昨天同我在一起,今天她就在席子底下……"说着她又哭起来了。

这个平时脸上永远带笑的孩子现在却有这么多的眼泪。我想劝她止哭,却反而引出她的更多的泪水,我不能再开口了。

这个晚上没有电灯,书店早早关了门,大家都很疲倦,不到八点钟就吹灭洋烛睡了。我睡不着,又起来点燃洋烛,坐在书桌前面,笔捏在手里,我却始终写不出一句有意义的话。

今天从早晨起就下着细雨,正街上显得十分萧条。下午秦家两具死尸草草地安葬了。墓地离正街有一里多路,小小一块地方,两座矮矮的新坟,还没有石碑,四周是野草和荒冢。

我带着利莎把两副白木棺材送到了墓地。我们已经跟着别人一道走开了,后来又回到那里去。这次我和利莎手里都拿着野花,是我们自己采来的。我们把花放在小小的坟墓前。利莎行着礼,她出神地望着坟,亲切地、像对着活人讲话一般地说:"秦姐姐,你爱花,我给你送花来了,是黎伯伯跟我两个摘的。"

我把花分出几朵放在秦太太的坟前,对着两个坟次第行了礼。我听见利莎还在讲话,她的眼光始终定在秦家凤的坟上,她喃喃地说:

"我还要来的,我明天过生,我要来请你吃面,我早就答应请你的。黎伯伯也在这儿,我们一起吃面啊。"

敏,我告诉过你明天是利莎的生日,但是你可以想象到那将是怎样的一个生日啊。想到这,我不能再写下去了。

六

敏,今天是利莎的生日,但是一切全改变了。现在必须提笔给你写封短信,报告几件重要的事情。

上午九点钟就发了警报。小镇又遭轰炸,书店楼房全塌了,隔壁菜馆,对面百货商店和甜食店,还有别的好几家店铺,不是变成瓦砾堆,就是剩着空架子。

解除警报后我那朋友立刻把太太和小孩送到离这里十几里路远的一个亲戚家去。他自己搬进大学的教职员宿舍,还在他的房里给我安了一个床铺。张先生和黄子文,便到各人的朋友处暂住。利莎的父亲恳切地留住他们,也留住我,他说:"炸了一回不算什么,我一定要设法在最短期间把书店恢复起来。"因此他需要我们给他帮忙。我答应他暂时不离开这个地方。他对我讲话,脸上不带忧戚的表情,我甚至看见了他那乐观的微笑。他的确是一个奇特的人。

利莎上滑竿以前,把我拉在一边,抓紧我的手,低声说:"黎伯伯,你要到秦姐姐那儿去啊。你替我多多去看她,今天来不及请她吃面了……我自家也想不到……"她只顾眨眼睛,泪花在眼里滚动。

"我晓得,你放心去罢。我有空会去看你。"我也低声安慰她。我轻轻地抚摩她的头,那只红缎子的大蝴蝶斜斜地歇在光滑的头发上面,颔下别着我送给她的那个蓝花大别针,身上穿一件淡青色西装,脚上穿着她父亲买来的新皮鞋,这些都是为着她的生日准备的!我想多看她几眼,但是我又不敢多看,我觉得心在翻腾。

她母亲在催她上轿了,她看了看滑竿,便转过头来匆匆地对我说:"我要回来的。到了雾季我就跟着妈妈回来。"然后她跑到父亲的身边去。

她母亲带着小弟弟。她跟着父亲,王嫂押着行李,被三乘滑竿抬走了。她在滑竿上不住地对我招手,还大声嚷:

"黎伯伯,你要多多来看我啊。"

敏,现在坐在大学教职员宿舍里,一张小小的书桌前面,我还分明地听见这句话。

(你小小的利莎,是的,我要多多去看你,也要多多去看你的秦姐姐。这时你爹爹在我对面咳了一声嗽,我看他一眼,啊,还有,我也要帮你爹爹把书店早些恢复起来。)

敏,以上几句,应该是我对利莎说的话,我心里这样想着,不知不觉间就把它们全写在纸上了。我现在也不想将它们删去,就让它们留着做这封信的结尾罢。敌人的大轰炸已经开始,以后我的事情会一天一天地多起来,我恐怕不能够再给你写像从前写过的那样的长信了。

1941年12月4日在桂林写完

编辑附记

"壹本"系列以"一本书了解一位名家"为宗旨,从当下读者爱读、想读和需要读的角度进行编选,打破文体的界限,精选现当代文学名家经典之作,版本精良。

本书精选著名作家巴金的散文和小说代表作。为了方便读者阅读,同时兼顾原作风貌,在编辑过程中,适当修改了明显的排印错误和个别容易造成理解混乱的字词及标点符号。对于体现作家鲜明创作个性的字词和反映当时行文习惯的标点符号予以保留。

图书在版编目(CIP)数据

我的故事:巴金精读 / 巴金著. —杭州:浙江文艺出版社,2021.7
ISBN 978-7-5339-6439-9

Ⅰ.①我… Ⅱ.①巴… Ⅲ.①散文集—中国—现代②小说集—中国—现代 Ⅳ.①I216.2

中国版本图书馆 CIP 数据核字(2021)第 038296 号

策划统筹	王晓乐
责任编辑	邓东山
责任校对	陈 玲
责任印制	张丽敏
版式设计	吕翡翠
封面设计	介 桑
营销编辑	张恩惠

我的故事——巴金精读

巴金 著

出版发行	浙江文艺出版社
地 址	杭州市体育场路347号
邮 编	310006
电 话	0571-85176953(总编办)
	0571-85152727(市场部)
制 版	杭州天一图文制作有限公司
印 刷	浙江新华数码印务有限公司
开 本	880毫米×1230毫米 1/32
字 数	148千字
印 张	7.75
插 页	2
版 次	2021年7月第1版
印 次	2021年7月第1次印刷
书 号	ISBN 978-7-5339-6439-9
定 价	39.80元

版权所有 侵权必究
(如有印装质量问题,影响阅读,请与市场部联系调换)

一本书打开一个世界

欢迎订购、合作

订购电话：0571-85153371

服务热线：0571-85152727

关注浙江文艺出版社公众号和浙江文艺出版社天猫旗舰店，随时获取最新图书资讯，享受最优购书福利以及意想不到的作家惊喜。